品成

阅读经典 品味成长

付费

短篇写作

专三千◎著

人民邮电出版社

北京

图书在版编目（CIP）数据

付费短篇写作 / 专三千著． -- 北京：人民邮电出
版社，2024. -- ISBN 978-7-115-64957-7

Ⅰ．Ⅰ04

中国国家版本馆 CIP 数据核字第 2024MD1133 号

◆ 著 专三千
责任编辑 袁 璐
责任印制 陈 犇

◆ 人民邮电出版社出版发行 北京市丰台区成寿寺路 11 号
邮编 100164 电子邮件 315@ptpress.com.cn
网址 https://www.ptpress.com.cn
文畅阁印刷有限公司印刷

◆ 开本：880×1230 1/32
印张：10.375 2024 年 7 月第 1 版
字数：202 千字 2025 年 4 月河北第 4 次印刷

定价：59.80 元

读者服务热线：（010）81055671 印装质量热线：（010）81055316
反盗版热线：（010）81055315

前 言

1997年，我出生于赣南的一个村庄。24年后，我在老家创立了一个文化工作室，两年多累计营收超过500万元。

这一切，靠的都是写作。付费短篇，是我写作生涯遇到的最大风口。

大四那年，我怀揣着梦想，开始了北漂生涯。工资低，消费高，身上还背着贷款，我的经济压力巨大。这时候，一位行业前辈找到我，说有个写书评的活儿，每篇一两千字，单篇稿费1000元，我立刻应承下来。之后，每两周我都要写一篇书评，这才勉强让我在北京过得不至于太拮据。

也是从那时起，我发现，努努力，靠写作似乎可以养活自己。

就这样，到了2020年，一位知乎的编辑找我要一篇稿子，说他们在尝试用短篇故事做付费阅读。我从存稿里翻了一篇在大学时写的小说，发给了这位编辑。

一个月过去了，我几乎忘了这件事。

2020年4月3日，编辑给我发了条微信："哇，您3月可以拿到4万多元的分成。"看到信息的那一刻我简直不敢相信，因为那只是一篇6000字左右的旧稿，这意味着我靠付费短篇这个副业一个月挣了超过万元。这相当于我当时小半年的工资！

这给我带来了极大的震撼：就像我从后山捡来镇纸的石头，被专家鉴定是宝玉，价值连城。我脑海里冒出的第一个念头是赶紧上后山"捡石头"去。

于是我开始研究这种文章，并深入思考两个问题。

1. 这种文章的长期变现能力如何？

2. 这种文章能不能量产？

第一个问题很快有了答案。我连续观察了一段时间，2020 年连续 3 个月的收益情况是：

3 月，单篇稿费收益 47770.73 元；

4 月，单篇稿费收益 8058.16 元；

5 月，单篇稿费收益 5618.87 元。

3 个月，一篇 6000 字的文章让我累计获得收益 6 万多元。

这于我而言是个很夸张的数据。在过去，一篇 6000 字的短篇，哪怕是卖版权，也很难达到这个收益水平。

而这仅仅是 3 个月的稿费，未来只要这篇稿子没有从平台上下线，收益将每月按时打到我账户。于是我立刻决定，再写几篇文章试水。我直接跟编辑老师申请了一个专栏"爱情是这样消逝的"，专栏的定位是青春故事。

同年 6 月，我写的 3 篇文章上线了。这个月我的单月稿费达到了 9.6 万元。要知道，这仅仅是我把写付费短篇当兼职做获得的收入，我当时 90% 的精力还是放在主业上，写稿都是利用下班时间和周末。

后来经过我的实践，第二个问题的答案也显而易见。这种文章能不能量产？能。

2021 年 3 月，我成立了野草文化工作室。截至 2023 年 10 月，两年多的时间里，我培养了 10 多位作者，创作付费短篇 400 余篇，仅靠付费短篇这一个类目，带着小伙伴们一起变现了 500 多万元，工作室的每一位作者都享受到了行业红利。

在创办野草文化的时候，我定下愿景：让有才华的人，有尊严地创作。

如今，我们团队有不少小伙伴在回老家自由创作的情况下，每月的收入竟然超越了之前在北上广上班的收入。他们分布在赣州、北京、哈尔滨、潍坊、六安、成都……没有打卡，没有时限，在自己喜欢的时间码字[①]，在想休息的时候休息，在气温适宜的季节旅行。

在小规模验证成熟后，我决定，把付费短篇的创作方法以及我对付费短篇这个类目的思考分享给更多人。

这本书应该是目前市面上为数不多系统讲透"付费短篇"这个类目的图书。

在看这本书的同时，也欢迎你关注我的微信公众号以及知乎账号——专三千。在那里，我也会持续分享付费短篇的写作方法论，也会不定期分享优秀作品；同时，我也会给大家提供包括我们工作

[①] 在本书中指写作。——编者注

室在内的投稿变现渠道，以及一些大企业的内推岗位。

这本书只是初识，期待未来能与你一路同行。

希望每个有才华的人，都能有尊严地创作。

你的朋友

专三千

目 录

PART Ⅰ 付费短篇是什么

PART Ⅱ 手把手教你写付费短篇

PART Ⅲ　从完成走向完美

PART I

付费短篇是什么

第一章

付费短篇：新的风口

第一节

付费短篇的定义和运转逻辑

付费短篇就是"付费才能看的短篇小说"。由于这类文章最早出现在知乎的盐选专栏，所以很多创作者称它为"盐选文"。而我觉得"付费短篇"是更精准的称谓。我按自己的理解给"付费短篇"下了个定义：字数为 5000 ～ 30000 字，免费部分不超过 30%，以吸引读者付费阅读为目的的文字作品。

在聊怎么写好付费短篇之前，我们必须先搞清楚付费短篇的底层逻辑。

付费短篇这种形式的出现，本质是为了解决内容平台的变现问题。中国互联网界有个"魔咒"：内容越优质的平台，变现越难，比如天涯、知乎、豆瓣、贴吧……无一幸免。

可残酷的现实是，不解决变现问题，平台就无法生存。而内容平台变现无非就是这 3 种方式：卖货、卖广告、卖会员。

我们先梳理一下这三种传统变现方式的利弊。

一、卖货变现

很多内容平台[①]都尝试过靠卖货变现。卖货看起来是最直接的变现方式，但实际上，内容平台卖货，销售链条还是非常长的。

内容平台卖货，必须先将广告伪装成"内容"，业内称之为"软文"。

内容平台和电商平台不同，不能直接把产品放在首页，大声叫卖：快来买啊！这就导致成交率经过"点击内容—阅读内容—到达购买链接位置—点击购买链接—跳转至购物 App—付款"六步后大幅降低。如此一来，大部分的内容平台卖货卖到最后，就是成为一家大型"淘客[②]"，收点佣金、手续费，但这不足以作为平台的主要收入来源。

当然，大部分内容平台也有自营产品，如咖啡、日历、书……但这些产品，归根结底，是包装成商品的"情怀"，普遍溢价较高，销量平平。购买自营产品的用户心里也很清楚：我喜欢这个平台，为爱发电，还能得个纪念品，仅此而已。

总之，对内容平台来说，卖货容易引起用户反感，收益也较低，只能作为权宜之计。

---

① 这里的"内容平台"指传统的图文平台，不包括快手、抖音等短视频平台。
② 淘宝网为推广网站曾推出过名为淘客的一种服务，后更名为淘宝客。

二、卖广告

卖广告是大部分内容平台变现的选择。

创作者或者平台为用户提供免费的内容，以吸引用户的注意力。在这个过程中，平台偶尔把用户的注意力卖给有需要的商家，达到变现的目的。这看起来是一种不错的变现方式，却存在两个巨大的风险。

第一，流量不够。

大部分内容平台本身还处于发展阶段，需要从站外大量引流才能维持日活量。这些内容平台自身仍然需要从头部平台获取流量，如果再将流量卖给其他商家，利润微薄。

我曾经运营过一个有 600 万粉丝的微信公众号（以下简称"公众号"）的商业板块，给超过 40 家世界 500 强企业写过广告文案，广告总营收超 1500 万元，所以我对品牌方的心理很了解。

品牌方投放广告的逻辑是很明确的：以品牌宣传为目的的广告基本集中在头部平台，做到电视台、抖音、快手、微信、微博开屏全覆盖；以产品转化为目的的广告，一般集中在转化率高的个人博主。

而内容平台的处境很尴尬，做品牌宣传，覆盖面不够广；做转化，转化率又低于个人博主。

就这样，内容平台在一个不上不下的位置被卡住了。

第二，跳转链接不可控。

这个问题，其实是自身流量不够直接引发的连锁反应。内容平台本身流量不足，导致只有出价非常高的广告，才能保证广告业务的利润。那么，什么类型的广告出价高？如社交 App、网页游戏、理财 App……

卖广告的本质是依靠用户信任，用户信任这个平台，才在这里看内容。结果一通跳转，转到某些非法网站，导致了金钱或者其他方面的损失，甚至后果不堪设想。这种情况不是加强审核就能避免的。很多平台外表看着正常，结果用户点进去，这些平台就变成了挂羊头卖狗肉的"黑店"。长此以往，用户对平台的信任度就会持续下降。直到有一天，用户不再相信这个平台，那么这个平台的广告位也就没有了价值。

所以，卖广告也无法成为内容平台的有效变现方式。

三、卖会员

卖会员是几乎所有内容平台的主要盈利模式，视频、音频平台几乎也都是这样做的。

知乎早期也卖会员，掌握了一大批优质电子书资源、杂志版权，还请了很多名人做付费知识分享。内容是好的，但有一个缺点：付费场景太冷静了。那么，怎么让用户产生付费动机呢？这需要创造条件。

付费的艺术就在于让用户不假思索地付钱。前期要先把用户服务得称心如意、兴致盎然，再暂停，把"付款码"拿出来：您好，后面的项目是要付费的。这时候，用户花钱买的并不是产品，而是此刻情绪的释放，此刻好奇心的满足，对后续内容的无限期待。

假如你是一个不喝咖啡的人，路过一家咖啡店，看到咖啡卖30元一杯，你大概率不会买。但是同事跟你讲了个八卦："昨天，楼上公司搬走了。结果，今天早上又搬回来了。你知道为啥吗？咱们买杯咖啡坐一会儿，我慢慢给你讲……"

代入这个场景，你购买这杯咖啡的可能性就会大大提高。因为在第一种付费场景下，你考虑的是"我需不需要"；在第二种付费场景下，你考虑的是"然后呢，我想知道答案"。在第一种场景下不买，理所应当；在第二种场景下不买，难受一天。

而大规模创造这种付费场景的方式之一就是付费短篇。

于是，内容平台可以把一开始留给卖货和广告的流量导入付费短篇。比起卖货，付费短篇天然就与内容平台更契合，它不需要假装成内容，因为它本身就是内容。

比起卖广告，它的风险小。流量不是从内部导入外部，而是都在内部，只是把免费流量转化为付费流量。完成这一步后，内容平台甚至可以去流量价格低廉的头部平台投放广告，在实现收益增长的同时实现用户数量增长。

付费短篇可以为不同用户量身定制"无痛付费场景"。对于爽文①，就在主角最出风头的位置截断；对于悬疑文，就在悬念即将揭晓的位置截断；对于复仇文，就在复仇者即将报仇雪恨的地方截断……

用户付费获得此时此刻的情绪释放，有些用户甚至会直接买下接下来一年的舒畅——所有付费短篇、名著、杂志等免费看，还能听名家分享知识。这样，原先的优质内容储备就成为商品价值的一部分，而付费短篇成为付费的理由。用户在看付费短篇的时候，通常是非理性的，会冲动消费。但理性回归后，用户看到商品的价值，依旧会觉得物有所值。

至此，内容平台依靠"付费短篇"完成了变现的闭环。

---

① 一种在各大小说网站中比较常见的网文类型，主要特点是主角的人生发展非常顺利或主角虽然出身平凡，但成长迅速。

第二节

飞速增长的市场

付费短篇从 2020 年起步，我几乎是全程看着这个类目"长大"。其中最明显的趋势就是付费短篇从知乎单一平台的创新尝试到成为各大平台跟进的方向，直到如今已经成为内容平台可选的最佳变现方式之一。

因为我们入局比较早，几乎跟所有大平台都有过合作，所以了解得多。

反应最快的是百度，知乎盐选爆红后不久，我就收到百度的约稿邀请。对方言简意赅："收稿，量大，钱多，速来。"

大概 2022 年，阿里 UC 浏览器负责这部分内容的人员就开始跟我接洽。对方来意很明显，首先是约稿，其次是咨询。

接着，网易平台的编辑也找到我，说他们产品端已经开发完成，需要大量稿子。不久后微博也跟进，也找我要了不少稿子。

最关键的转折点在 2023 年。在这一年，不仅过去没找到靠谱变现方式的内容平台采用了付费短篇模式，连靠长篇赚得盆满钵满的阅文、七猫、番茄等网文平台，也盯上了这个市场，并且已经开始尝试。

我先下个结论：付费短篇是未来 3 ～ 5 年写作变现最强的类目。你肯定会对此表示怀疑，这很正常。

可这么多头部平台跟进，付费短篇的前景如何？答案显而易见。

从知乎的公开数据来看，我们更能直观地感受到付费短篇这个类目的迅猛发展。知乎财报显示，仅 2023 年第二季度，知乎会员收入就高达 4.49 亿元，约占知乎总收入的 43%，可以说是知乎收入的主要来源，而会员收入的主要来源就是知乎盐选付费短篇业务。并且，知乎官方宣布已完成"白金计划"，即打造 100 位收入超过 100 万元的盐选创作者，下一阶段的目标是完成"超新星计划"，即打造 500 位收入超 100 万元的盐选创作者。知乎公开资料显示，知乎盐选的头部作者一年收入在 500 万元以上。UC 故事会的头部作者一年的收入可以达到 7 位数。网易付费短篇头部作者的收入一年也是几十万元。

对于纯文字作品而言，不包含版权变现等其他收入，这个收入水平可以用"恐怖如斯"来形容。所以，我判定付费短篇潜力巨大，除了依靠这些客观数据，还源于自身感受。

春江水暖鸭先知，作为"泡"在这个行业的一只"老鸭"，行业冷暖我是最先察觉的。2023 年第四季度，不止一个平台的编辑在跟我聊天时透露："今年收稿的经费还没花完，你们能不能多写点？"我是心有余而力不足，我们的作者已经够努力了，只能"望稿费兴叹"。编辑那边是捧着经费感叹："花不完，根本花不完。"我们是抱着键盘感叹："写不完，根本写不完。"

那么这就引出了另一个问题：为什么整个行业的作品这么紧缺？这个问题，需要从两个维度来回答。

一、付费短篇消耗快

付费短篇和家里的卫生纸一样，属于易耗品。一篇长篇小说也许可以供读者看几年，黏性极强，单部作品就可以把读者"捆绑"在一个平台上。而付费短篇因为篇幅短，天生就不具备这种优势。做付费短篇的平台要想留住用户，就得不断上新优秀作品。

举一个简单的例子。长篇就像米面粮油，这是复购率极高的产品，超市粮油区域一年不上新，你也照买不误。而付费短篇就像服装店的衣服，每个月、每个季节都需要不断上新，才能留住顾客。

根据我的经验，一个优秀的付费短篇创作者，一个月创作4篇文章已经属于高产，考虑到节假日和特殊状况，一年35篇封顶。而平台每年的作品需求量是以"十万"计的。尤其是新进入这个领域的平台，在开启业务时，需要在短时间内用大量稿件完成内容库的搭建。

可以说，每一个正在做或者准备做付费短篇的平台，对于这类稿件的需求量都非常大。正因为如此，留给创作者们的机会才数不胜数。

而作品紧缺的另一个原因，跟创作者自己有关。

二、创作者还没有发现这个风口

提到文字变现，大家首先想到的多半是出版、公众号、微博、小红书。在过去几年，很多创作者确实通过这些方式获得了不错的收益。

人是习惯的产物，且厌恶损失。所以，过去有过文字变现经验的优秀创作者很难放弃旧平台，拥抱新机会。当然，最根本的问题还是没有人把数据摆在他们面前，坚定地告诉他们：付费短篇就是目前内容变现的"天花板"，而将来内容变现的门槛只会更高。

我写这本书，很大一部分原因也是我想当揭开这层纱的人。

一个行业只有吸纳更多的优秀人才才能发展。优秀的作品、"破圈"的作品，是付费短篇创作者的收入更上一层楼的关键。也许当付费短篇领域出现一个"刘慈欣"，这个类目才算真正成熟。而在此之前，每一个参与者都有可能成为那个登顶的人，当然，也包含正在看这本书的你。

有一点非常明确，付费短篇已经是各大平台认定的未来发展方向，而且这个类型的作品需求量大，创作者少，还没有出圈的代表人物出现，是一座待开发的"金矿"。

第三节

付费短篇的三个特点

付费短篇的特点可以用三个字来总结：短、足、近。

一、短

付费短篇的篇幅短，且文章多用短句，甚至几乎一句一分段。

在我们团队内部，我给大家提出的要求是，我们写的稿子，必须是在坐五站地铁的时间内就能看完的。因为付费短篇主要的阅读场景是类似于通勤路上、用餐时间、睡前、上厕所的时候……大家都是用碎片化时间米阅读。

你可以把它理解为文字版的短视频，不适合给读者设置过高的阅读门槛，也不能给读者造成过大的阅读压力。

二、足

这种形式的内容虽然篇幅短，但是"料"却比一般的作品要足，就像我们赣南午夜街头的夜宵摊，价格低，出餐快，但是料给得特别足。

首先是情绪足。你随手点开一篇付费短篇，热评肯定是"情绪向"的：

看哭了，这个年轻的妈妈太可怜，太伟大了！

我笑傻了，哈哈哈！

真的强，牛！

写得真好，这个故事很适合拍成电影，太震撼了！

其次是情节足。传统的叙事方式讲究起承转合，而付费短篇的很多创作者直接用"起承转转转转转转合"的方式。我们统计过爆款付费短篇的内文结构，一篇1万字左右的付费短篇可以分成15 ~ 20个小节，每个小节基本上都是一个完整的情节。

最后是元素足。这一点要归功于年轻开放的读者。现在的付费短篇并没有非常严格的分类，创作非常自由，有时一篇短篇包含穿越、修仙、末世、系统①等各种元素，只要保证故事足够精彩、吸引人，怎么堆叠元素都没问题，读者都能接受。

---

① 穿越、修仙、末世、系统均是常见的网文类型，往往拥有特定的世界观设定或特定情节。

三、近

付费短篇大多采用第一人称来讲述。故事背景也特别接地气，我自己创作的几篇大爆款就是以网吧、大学、工厂、北漂为故事背景的，让读者感同身受。整体文风就像和朋友在宵夜摊上追忆往昔，尽量消除跟读者之间的距离感。

我给我们工作室的作者提的一个创作建议就是，每次写文前，给好朋友打个电话，挂了电话，立刻打开文档，借着刚刚和好朋友聊天的那个劲头，把初稿写完。这样就能最大限度地做到真诚叙事，拉近与读者之间的距离。

文字，也许是我们目前能找到的最精准的表达方式。你的状态、你的情绪，甚至环境温度，都会在创作中不经意间流露出来。一篇好的付费短篇，应该做到让读者看完后觉得作者没把自己当外人。

第二章

你上你也行：新的写作模式

第一节

付费短篇与其他文字变现方式的区别

　　我在培训作者时，大家最关心的问题是，写付费短篇是怎么变现的？问这个问题是人之常情，找工作要先谈薪资，写稿子当然要先关心稿费。

　　在本节，我将从投稿、结算、运营三个维度来解析付费短篇与其他文字变现形式的区别。

一、投稿不再受制于编辑

　　付费短篇的投稿方式非常特别。

　　过去的文字创作，有两种方式让作品进入大众视野。一种是给传统杂志投稿，以及早期门户网站的"投稿制"，即一篇稿子能不能被读者看见，全看编辑的眼光。另一种是互联网平台的"投票制"，即依靠吸引读者点击，触发平台算法得到传播。

　　这两种方式各有优劣。

投稿制可以保证作品质量的稳定性，但会限制作品的多样性。许多作者为了稿子能被选上，只能不断揣摩编辑的喜好，不断修改自己的作品。

余华在采访中讲过一个故事。他曾疯狂地给杂志社投稿，终于收到了一个回复。编辑表示，这篇稿子不错，就是结局太灰暗了，能不能改成圆满的结尾。余华用一天时间就把稿子改好了。最后余华总结："不就是改结尾吗？只要你能让我的稿子发表，我从头到尾都可以给你光明。"

大家听后可能会一笑而过，觉得余华真幽默。但作为一个"码字工"，我知道，余华说的是事实。

投票制看似公平公正，但随着网民数量的增加，出现了很多不管事实对错，只管迎合大众情绪的营销号①。久而久之，产生了"劣币驱逐良币"的现象。

而付费短篇结合了两者的优点。以知乎为例，如果你想投稿一篇付费短篇，有两种渠道：一种是找到知乎盐选的编辑，直接投稿；另一种是谁都不用找，你可以在知乎平台找一个合适的问题，直接在评论区开始创作故事，只要你的故事点赞量高，你就可以直接拿着这个链接去知乎盐选投稿。

甚至还有过这种情况：有位作者找知乎盐选编辑投稿，被编辑

---

① 指一类主要以获得流量或利益为目的（免费和分享不是主要目的）而创作、发布内容的自媒体。

拒稿了。这位作者心灰意冷，将稿子改了改就直接免费发布了，结果效果出奇地好。作者抱着试一试的心态用已发布的链接再次投稿，结果成功了。

由此可见，付费短篇是一个读者话语权与编辑话语权五五开的类目。可以理解为，你的作品有一张"复活卡"，即你的稿子被编辑拒绝的时候，可以靠读者投票"复活"一次。这样既能保证作品质量的稳定性，也能满足读者的多样化需求。

因为有这样多样化的选稿标准，付费短篇的创作更加灵活。创作者不必拘泥于一个类目，试错成本很低。

在取悦编辑和取悦读者之间，你可以选择偶尔取悦自己，同样能获得收益。这是付费短篇对创作者最大的温柔。

二、结算快准狠

过去的写作收入结算有三种形式：

稿费，一次性直接变现；

版税，分成式直接变现；

广告，一次性间接变现。

稿费是最常见的形式，大部分创作者第一次实现变现都是靠拿稿费。我上大学时就纯靠稿费。这种变现方式最大的弊端就是"手停口停"，只要停止写作，收入就没了，无论一个月赚多少，人都很焦虑，没有安全感。

版税这种变现形式离普通创作者太遥远了。它不仅门槛高，对作者的知名度和能力要求也很严格。

而广告变现是移动互联网时代到来之后的新型变现形式，博主日常输出高质量免费内容，偶尔穿插软文，靠品牌方变现。

但是，想靠广告变现，可没有那么容易。

首先，品牌方对粉丝数量一般要求很高，粉丝数量没有达标的博主基本上很难接到正经广告。五年前，在公众号的黄金时代，我经营了一个有 10 万粉丝的公众号，也仍然接不到"高大上"的品牌广告。

其次，这种间接变现一般要把广告包装得跟正常内容一样，结尾再露出广告。创作者每接一次广告，读者就要被"骗"一次。这种变现方式很容易把创作者"架在火上烤"。不接广告的话，靠什么维持创作呢？接广告的话，接一次被骂一次，还疯狂"掉粉"。我真实经历过这个阶段，所以后来果断放弃了这个赛道。

而付费短篇的变现方式和以上三种方式都不同，这是一种"低门槛分成式直接变现"的方式。

1. 粉丝数量门槛低

所有做付费短篇的平台，对作者都没有粉丝数量的要求。在任何一个平台，你只要完成注册并且有好作品，立刻就能发表付费短篇。

前面我们说过，付费短篇的变现逻辑是把内容平台站内的免费流量转化成付费流量。所以，无论你有多少粉丝，只要你的稿子被发表，平台都会平等地给你一些基础流量，并根据数据反馈，决定要不要让你的稿子进入下一个更大的流量池。这一切只看内容质量，无关你的粉丝数量。

从平台的角度来看，一个只有 10 个粉丝的账号发的高质量文章转化了 100 个付费用户，另一个有 50 万粉丝的账号发的文章只转化了 10 个付费用户，那么平台也会毫不犹豫地把流量给这个只有 10 个粉丝的账号。

所以，学会写付费短篇之后，可以说刚学完就能立刻"上阵拼杀"，不用积累粉丝，不用积累知名度。

付费大舞台，有胆你就来。

2. 分成高于图书的机制

付费短篇的稿费发放形式可以说是最尊重作者的发放形式，我认为可以省略"之一"——我为这个说法负责。

出版行业的普通新人作者，一般版税率为 6% ~ 8%；有一点知名度的成熟作者，版税率为 8% ~ 10%；顶尖的作者，甚至大众都能叫上名字的当红作家，一般也只能拿到 12% 的版税率。

而做付费短篇的平台一般是跟作者签分成协议，平台扣除运营成本后，将所得的会员收入与作者五五分。这个分成比例直接摆出来大家可能觉得没什么，但与同样选择以分成机制发放版税的图书出版相比，你就能感受到差距。

分成机制的另一个优势，就是可以让你拥有长期的"睡后收入"。你的作品不再是一件通过"一手交钱，一手交货"的形式售卖的商品，而是变成了资产。就像你把自己的房子租出去之后，每个月都可以收租一样。

所以，我常常跟工作室的新人作者说："我们写的每一篇稿子就像一套租出去的房子，每个月都能让我们'收租'。稿子的完成度决定了'房子'的价格。而我们要做的，就是不断积累手上的'房源'，尽量多建'豪宅'，积累到一定数量后，哪怕休息几个月也没事，因为我们靠'收租'就可以维持生活。"

包括我自己在内，我身边有几十位作者的生活都因为写付费短篇而发生了巨大改变。物质上的改变暂且不谈，这里主要谈生活态度的改变。从前，我们靠稿费生活，几乎没有休息日，几乎天天熬夜，始终不敢停下脚步；现在，大家基本能做到劳逸结合，甚至还有自由时间去各个城市见见朋友。

在我看来，付费短篇最大的贡献，不是让创作者挣到了多少钱，而是让创作者拥有合理收益的同时，也拥有了安逸、体面的创作环境。

3. 纯粹的文字变现

付费短篇这种形式抛弃了广告，抛弃了营销，把几乎所有的关注点放在作品本身和读者体验上。只要内容够好，读者就直接付费，没有弯弯绕绕。

当年我接手公众号的商业板块，最根本的原因是当时的老编辑没有人愿意写这块内容。毫不夸张地说，每篇广告软文的写作对创作者而言都是一场"酷刑"。我至今还记得，为了写某知名银行的一篇商业软文，我换了 3 个编辑，改了 8 版，跟进了一个星期，在软文发布之前却被告知，那家银行负责此事的领导在国外出差，那边是半夜，让我再等 4 小时。4 小时后对方说，拿第一个编辑写的那版改一改发了吧。我气得当场在北京东直门 9 平方米的出租屋里打了一套军体拳。

做了一年多的商业板块后，我得出结论：靠写广告软文挣的钱里有一半是用尊严和健康换的。

付费短篇就是把内容本身卖给读者。读者变成了出钱的人，你能写出读者喜欢的作品，就能获得收益。付费短篇能让你的精力百分之百地回归创作，顺便还能帮你把"卖"给品牌方那 50% 的"灵魂"赎回来。

三、更轻的运营

在过去，任何文字变现平台都离不开一个重要的步骤——运营，甚至现在所有互联网公司都推出很多岗位，就叫"××运营"。我在北京的时候也参加过不少论坛，似乎只要谈到变现，就一定会提到运营，而谈到运营，话题中总少不了算法、流量、技巧等。

在这里，我可以明确地跟所有人说：付费短篇不需要运营。但为了防止有人抬杠，我加一个前提：付费短篇在年收入达到 300 万元以前，不需要运营。

我做公众号的时候，"菜单栏设定"这种基础运营工作就不说了，光是文章推送出去后回复留言，都要专门安排编辑每天盯 2 小时。微博就更重视运营了，热门话题和定期的官方活动怎么参与，置顶微博怎么安排，抽奖怎么设置，等等，门道非常多。在哔哩哔哩（以下简称"B 站"）也一样，作者几乎要把读者当朋友，甚至最好可以事无巨细地及时汇报。

我写付费短篇以来，从零开始到变现 500 万元，没有专门花过时间做任何运营。如果非要吹毛求疵，我每天跟运营相关的动作就是吃早、中、晚饭的时候，点开账号看看留言和点赞数，如果看到有价值的留言，就回复一下。可以说，整个"运营"流程十分轻松。

为什么可以这样呢？因为付费短篇获取流量靠的是稿件质量。你的稿件如果质量过关，自然会每天被推送到读者面前；稿件质量不过关，即使你有 500 人的读者群也无济于事。这在官方流量池面前，就是九牛一毛，还需要额外花费时间去运营。有这时间，我多写几篇稿子不好吗？

不过，我还是要强调一点：我并不是要完全否认运营的意义。假如你是保质不保量的选手，写完一篇稿子后，需要很长一段"冷却"时间，那闲着也是闲着，就可以多跟读者交流，了解读者的喜好，优化下一部作品，这肯定是有用的。

但是，如果你跟我一样，已经把写作当成一种习惯，打开文档就能洋洋洒洒一直写下去，那么我用我的亲身经历告诉你，不运营也完全不影响变现。你靠文章发出去后的数据反馈来优化后续创作就够了，你只需要产出大量作品，建立自己的大数据库，了解读者的喜好。

我不否认运营有其价值，但付费短篇能给你选择不运营的自由。

第二节

入行门槛低，投入成本低

很多人在做一件陌生的事情之前，都会问自己：这事我能做好吗？写付费短篇也一样。我写第一篇付费短篇的时候，提交完大纲，忐忑了两天，直到编辑给我反馈——按修改后的写吧，我才安心动笔。

当我亲手培养出十几位爆款付费短篇作者后，我敢肯定地跟打开这本书的每一位读者说：每个人根据自己的经历，都能写出 5 篇爆款付费短篇。

关于付费短篇的写作投入，总结起来就 12 个字：门槛低、成本低、损失趋近于零。

一、门槛低

我们工作室接触过很多作者，他们的作品质量参差不齐。但完全写不出东西的人，我们倒是没遇到过。因为，只要你有生活经历，只要你能和别人聊天，你就能尝试创作。

在前面我们提到过，付费短篇写作讲究贴近生活，与读者拉近距离，所以对文笔没有特别苛刻的要求，口语化反而是优点。只要你识字，会聊天，那你就可以尝试付费短篇的创作。

大多数人会认为，要想靠一个技能挣钱，一定要做到非常顶尖才行。但现实不是这样的，行业的发展都是分阶段的：起步时期，跑马圈地野蛮生长，入行早、执行力强就能挣钱；稳定时期，考验毅力，持续输出、保质保量才能挣钱；衰落时期，竞争非常激烈，只有顶尖者才能挣钱。

在公众号刚推出时，我在学校食堂大门口贴个二维码，一天就能涨几十个粉丝。现在呢？看到扫码送玩偶的地推人员，大家都躲着走。付费短篇现在就处于起步时期，有意愿学，执行力强，就能收获红利。

我们团队里的作者，在进入工作室之前，没有一个接触过付费短篇。但是经过系统训练，能坚持写半年以上的作者，每个人都写出了单篇变现万元以上的爆款文章。

百分之百出爆款的方法只有一个：学好技能，持续创作。基础扎实，作品数量充足的情况下，不出成绩是不可能的。所以请坚信，你能学会，并且通过刻意练习后，你能做好！

二、成本低

我知道，尽管我告诉你这不难，你能学会，你心里还是会有另一个问题：学之前，我要不要先准备点什么东西？决定健身的第一件事是先办健身卡；决定爬山的第一件事是先买冲锋衣；决定打球的第一件事是先买篮球鞋。

但如果你决定要学习怎么创作付费短篇，那么停下你跃跃欲试要消费的手，什么也别买，什么也别做，看这本书就可以了，或者关注"专三千"的知乎账号和公众号，也能获取一些免费的资源。

因为，创作付费短篇就是一件低试错成本，随时可以开始的事。码字这件事情其实很简单，有电脑的用电脑，没电脑的用手机。无论采取哪种方式，只要你愿意开始，就可能完成。

我用我的人格保证，用手机码字一样可以写出好作品，我前文提到的收益达到 6 万多元的那篇作品，就是我在大学图书馆用手机写的。

解决了成本问题以后，你心里肯定还有顾虑：唉，我工作忙，时间都是碎片化的，我抽不出整块的时间，那怎么办呢？没关系，付费短篇的创作是可以在碎片化时间内完成的。

付费短篇的初稿创作可以拆分成选题、大纲、标题、开头、截断、结尾六个部分的创作。你只要有半个小时的时间，就可以挑其中一个部分完成。

付费短篇，就是一个低门槛、低投入的变现机会。

三、损失趋近于零

一位专业做投资的朋友曾经跟我分享过一个观点：永远别玩公平的游戏，只玩对自己有利的游戏。他说自己做投资，永远只做风险可控但收益无限的决策。我问他，没有这样的机会怎么办？他说，很简单，那就等到这样的机会出现再下手。

很显然，付费短篇，对于所有人来说，就是这样的机会。低风险，低投入，收益无限。你学习创作付费短篇，最差的结果也是收获了一项新技能。当一个决定带来的最差的结果都是收获的时候，我们有什么理由拒绝？

这也是我敢带着团队将所有资金投入付费短篇这个类目的根本原因。我坚信，我不会辜负工作室的任何一个作者，在未来我能给大家创造更广阔的空间。

说到最差的结果，在这里我也跟大家分享一个真实的关于"最差的结果"的案例。

我们工作室有个作者，写完四篇稿子后，考虑到一些因素，他选择了继续找其他工作。他是写公众号文章出身的，找的工作基本上也是跟新媒体相关。但因为有了付费短篇创作的经验，他惊喜地发现，现在很多网站都开始招聘付费短篇编辑了，而自己的履历居然刚好符合要求。他因此多了一个选择，而且比大部分应聘者更有优势。第一，他在我们工作室写稿之前，拆解了几十篇付费短篇，对这种类目非常熟悉；第二，他在我们工作室虽然只写了四篇稿子，反馈数据也一般，但这些稿子能成功通过编辑审核上线，已经算优质作品了；第三，他能跟有大量优质作者且有持续供稿能力的工作室直接对接，我反而成为他的作者资源。

哦，差点忘了，他其实还有一个收获——这 4 篇稿子在上线之后的几个月还在持续产生分成，这也在工资之外给他提供了一份还不错的副业收入。

种一棵树最好的时间，不是 10 年前，也不一定是现在，而是风和日丽，适合种树的时候。恰好，对于付费短篇这个行业来说，现在就是最适合的时候。

第三节

头部作者中，这几类人占比最高

付费短篇，人人都能写。但是，有些人更具优势，在头部作者中占比更高。

我调研并统计了大量创作者的职业，并咨询了多家头部机构，最后得出结果：大学生、自由职业者、待业人群、斜杠青年、特定行业从业者，这五类人在付费短篇的头部作者里占比最高。

接下来，我来解答一下为什么这五类人更适合写付费短篇。

一、大学生

我在读大一的时候，就发现大多数人对大学教育有严重的认知偏差。

受一些历史因素影响，很多人一直把"读大学"和"好工作"联系在一起。但事实上，大学和高中、初中、小学、幼儿园一样，本质还是提供教育的场所。

所以，我们在上大学时学的大部分内容也不是工作技能。大学留出的大量空余时间，就是让大学生在接受教育之余，学习工作技能。我本科读的是师范类专业，这已经是职业指向性非常明确的专业，但我们专业毕业后当老师的同学也不超过 10%。所以，我真心建议，还没想好就业方向的大学生就把大量空闲时间利用起来，学习一下付费短篇创作。

当然，最重要的原因还是，目前付费短篇的核心消费者就是与大学生年纪相仿的人群，而且与大学话题有关的付费短篇一直都很火。每年高考前后，都有无数高考文、大学文爆火。

总之，大学生写付费短篇，时间足、能力够、与受众匹配度高。知乎"白金计划"中 100 个收入过百万元的作者里，有不少就是在校大学生，这就是很好的证明。

二、自由职业者

在互联网时代，唯一不变的就是每时每刻都在发生变化。

从图书出版到微博，又从微博到公众号，网文一直稳步前进，现在付费短篇异军突起，文字变现的方式也一直在变化。如今，很多粉丝数超百万的微博大 V[①]，其评论区无比冷清。还有很多过去的头条号、百家号、大鱼号、企鹅号写手，现在也不知道何去何从。但这个群体本身有互联网思维，也具有文字创作能力，稍加训练，

---

① 大 V 指的是微博上获得个人认证及拥有众多粉丝的用户。

就可以进入付费短篇领域。目前，这个群体已经是付费短篇创作者的中坚力量。我相信，未来这个群体也将成为付费短篇最主要的人才来源。

三、待业人群

这几年一方面，经济增速放缓，过去为应届毕业生提供就业机会的主力——各大互联网企业，今年也收紧了招聘政策。另一方面，房地产、教培两个行业也在不断地调整。这两个行业曾经的从业人员在找不到方向的情况下，尝试付费短篇创作是上上策。一来，他们可以尝试靠创作变现解决就业和生存问题。二来，付费短篇行业持续发展，有大量空缺岗位，学会付费短篇创作后即使不创作，去应聘新媒体编辑岗位也算是专业对口了。

在我的朋友圈里，就有不少曾经的电视台编导、房地产销售、辅导机构老师通过付费短篇再就业的。

四、斜杠青年

"斜杠青年"是前几年火起来的词，是指掌握多项技能，利用副业增加收入的人。

我上班的时候也做过副业——写书评。我当时对副业的要求是，时间自由，难度不大，投入产出比高。付费短篇完美地符合这几个要求，并且在符合这几个条件的基础上，还有一个优势——收入无上限。付费短篇一旦做成功了，就可以当成主业来做，甚至当成团队创业项目。

五、特定行业从业者

特定行业从业者一般有两个大类。

第一类是工作以跟人接触为主，如律师、心理咨询师、医生、护士、警察、导游、酒店前台……这些职业因为接触的人多，故事自然也就多，素材源源不断，与其天天跟朋友分享，不如写成文章发表，这样还能获得收入。

第二类是指其工作比较特别，正常人听过但很少接触，有一定行业壁垒，如法医、狱警、殡仪馆工作人员……对于这些职业，很多人都十分好奇，相关从业者仅靠信息增量就能吸引大批读者。

知乎的"@李鸿政"医生就是典型的代表，他原本是重症医学科主治医师，他把在医院的见闻写成付费短篇，现在已经是拥有 80 多万粉丝的头部作者了。

如果你觉得，你不属于以上任何一种类型也没关系。因为你已经看到这儿了，那说明你属于最适合创作付费短篇的类型——热爱创作的人。热爱可以碾压其他一切优势，所以不用单独分类。我们工作室，有头部文化公司前主编，有平台大 V，有大学生，有自由职业者，但成绩最稳定的作者，不是最有才华的，也不是最有经验的，而是最热爱写作的。

正如我前文所说，任何一个人的经历都能写成付费短篇。只要你热爱创作，想写付费短篇，我就能笃定地告诉你：付费短篇就是适合你的选择，也是你很好的选择。

我不是为了"灌鸡汤"而说这番话，因为我就是"热爱"的最大受益者。所以，尽管上述的五类人写付费短篇有得天独厚的优势，但一切优势都抵不过热爱。

因此，别犹豫，拿起笔，开始写吧！

PART II

手把手教你写付费短篇

第三章

所有杰作，都源于一个优秀的选题

第一节

优秀选题具备的五大要素

我每天起床的第一件事，就是审作者们提报的选题。

在这里，我给大家分享两个选题。

1. 某对明星夫妻离婚。

2. 科学家顾方舟以身试药，研发糖丸疫苗拯救全中国。

凭直觉，你可能会觉得第二个选题更好，但具体好在哪儿，你可能说不清楚。对于普通人，一个选题的好坏①凭直觉判断就够了。但对创作者而言，评判一个选题的好坏，必须明确说出它好在哪儿。

我总结了以下几个要素，用来评判一个选题是不是好选题：情绪、猎奇、落差、共鸣、热点。

接下来，我们一个一个地拆解。

———————————

① 在这里，评判选题好坏的目的是写出受大众欢迎的付费短篇。

一、情绪

愤怒、高兴、委屈、激动……大部分人天生就能感受到这些情绪，我们要做的就是去唤醒这些情绪。

付费短篇创作的核心有两个，一是帮读者宣泄，二是帮读者圆梦。这两者的本质，都与情绪相关。创作没有那么玄乎，付费短篇就是一个产品，而且是一个要进行自我推销的产品，要为读者营造消费场景的产品。

情绪，是一篇付费短篇好不好卖的关键。你的产品能让越多的人收获情绪价值，就越好卖。而要把握好情绪，最重要的就是要有"用户思维"。

理想汽车的创始人李想就很会做情绪营销。他用平平无奇的增程技术、平平无奇的发动机、平平无奇的力帆工厂，造出了售价可比肩 BBA（即奔驰、宝马、奥迪）的理想汽车。而且，他不仅把车造出来了，还卖得很好。而李想成功最根本的原因就是他作为"汽车之家"的创始人，太知道用户要什么了。大家都在卖车，他却还懂得卖情绪——"买理想汽车代表你负责任，把家庭放在第一位""让全家每个人都舒服"，这就是在兜售责任感、踏实感、被依靠的感觉。

卖车如此，创作一篇付费短篇也是如此。我在这里举几篇我自己实操过的付费短篇：

《孕妇"神药"，导致全球胎儿畸形》是对无良药企唯利是图、草菅人命的谴责；

《马版萧炎：从"43连跪"到盖过罗斯福》是一场热血励志、酣畅淋漓的逆袭；

《消失的夫妻》是对恶徒暴行的谴责与愤怒。

情绪是一个选题的灵魂，选题"出生"的时候有就是有，没有的话，后期强行加进去也是画蛇添足。所以我们在选题阶段，就得把情绪把控好。

作为一个人，有哪些情绪是与我们息息相关的，也是读者一定会关注的呢？

哲学上说，人是一切社会关系的总和。依照这个原理，我把人分为三类角色：个体角色、社会角色、民族角色。针对这三类角色，我给大家罗列了比较有爆发力的几种情绪以及对应的选题，如表3-1所示。

表 3-1 拟定选题表

角色分类	喜悦	悲伤	恐惧	愤怒
个体角色	逆袭、圆梦	遗憾、爱而不得	死亡、破产	出轨、犯罪
社会角色	首套房贷款利率下降、买车免一半税	各种重大意外事故	经济危机	人口拐卖、性别对立
民族角色	亚运奖牌榜第一、撤侨	为国捐躯	战争	文物流落海外、边境冲突

当你找到一个选题后，可以先想一下它能不能让人产生上述情绪。如果不能，那就要再斟酌一下。

二、猎奇

一个不得不承认的事实是，当代年轻人的"口味"越来越"重"了。这个"口味重"有双重含义。现在最受欢迎的饮食是烧烤、火锅、麻辣烫、螺蛳粉等，"水果之王"是榴梿。而阅读口味越来越重的表现就是"猎奇"心理不断增加。

2021 年，我刚进行付费短篇创业，各种类型的稿子都写，只为收集用户反馈。最后，我们发现猎奇选题的数据一骑绝尘。

于是我们专门针对猎奇推出了付费专栏"世界的 B 面：猎魔人、前世回溯与异空间"。我对这个专栏的定义就是付费短篇版的"世界未解之谜"。我们在做这个专栏时，会秉持负责的理念，尽量给大家一个合理的解释与猜想。

猎奇还可以分为三个小类：反常识、突破底线[①]、极端矛盾共存。

1. 反常识

什么是反常识？就是你看到这个事件的那一刻感觉自己的脑子都不够用了。

我给你看一个标题，你就能体会到这种感觉——"真印钞厂印

_____
① 特指人类正常社会规则无法触达的地方发生的事。

的钱，还能叫假钞吗"。按常识，假钞就是通过非法渠道印的钱，肯定属于造假，但是在历史上真的有真印钞厂印出来的假钞。

再举几个反常识的案例。比如，欧洲有个小国叫列支敦士登，这个国家的国王身份是可以花钱租的。

再如，印度有个诈骗犯，把泰姬陵卖了 3 次，把印度皇宫卖了 2 次，把总统府卖了 1 次……印度国会大厦以及 545 名议员也全都被他打包卖了。而他将卖这些得到的钱都捐给了穷人。更令人大跌眼镜的是他一生越狱 10 次，最后一次越狱时，已经 84 岁了。

类似的案例还有很多，它们无一例外都属于那种看一眼就能被记住的选题，而根本原因就是它们太反常识了。

2. 突破底线

这类事件给人的第一感觉是，这个世界崩塌了。

人类社会有许多规则：伦理、道德、法律……但这些并不是天然存在的，而是人类社会经过多年发展逐渐形成的。在社会规则无法触达的地方，人类设置的底线似乎变得无比脆弱。

有多脆弱呢？看看下面的案例，你就明白了。

300 多人流落荒岛后，真人版"大逃杀"开始。心机最深的人自立为王，老弱病残被直接丢进海里喂鱼，反抗的人会被以莫须有的罪名处决或害死。之后，他们开始互相残杀，杀人变成了一种消遣。整个荒岛成了人间地狱。短短两个月，原本的 341 人只活下来

100 多人……这就是航海史上最惨烈的事故——巴达维亚惨案。

这样的案例犹如被不慎打开的人性的潘多拉魔盒，让人很难忍住不去了解。其根本原因就在于，这是长期处于正常社会中的人认为突破底线的事情。

3. 极端矛盾共存

这可以理解为两个完全不相关或对立的词语出现在一个人或者一个事件上。比如螺丝刀与绝世大盗，150 亿元与穷困：

他在 7 个国家，172 家博物馆或画廊里，盗走 239 件艺术品，估值 150 亿元。他唯一的工具，居然是一把螺丝刀。警方查了他 6 年，一无所获。更让人难以理解的是，他身家百亿，却过得穷困潦倒。

——《最朴实的大盗：一把螺丝刀，盗走价值 150 亿元的艺术品》

比如罪犯和 FBI，犯罪和进某国政府部门工作：

他伪造支票，20 岁年收入就超百万美金。他靠虚假证明，先后成功变成医生、律师、飞行员，在被 FBI 追捕的过程中，还写了一本《有本事就来抓我吧》来嘲讽警方。可即便嚣张成这样，他最后仍然被某国政府"招安"，安排了工作。

——《被抓后，他被招进了政府》

这些案例因为反差足够大，制造了冲突，自然能勾起读者的好奇心，让读者忍不住看完。

三、落差

很多人评价一个故事精彩，常常喜欢用"反转多、情节复杂"来形容。事实上，精彩与否在选题阶段有一个更简单的衡量标准，那就是"落差"。

"落差"代表着故事的势能：落差越大，势能越足，情节越丰富，创作者发挥空间越大；反之，势能不够，故事平平无奇，就很难让人有读下去的欲望。

如果我们把一个选题的关键情节画成折线图，波峰和波谷的绝对差值，就是故事的势能。根据折线图图形的不同，我们可以把优质选题分为三类：低开高走型、高开低走型、一波三折型。

接下来，咱们一个一个地分析。

1. 低开高走型

这是最典型也最常见的选题类型之一，爽文、复仇文大都属于这个类型。《后宫·甄嬛传》《知否知否应是绿肥红瘦》《斗罗大陆》《斗破苍穹》等小说都是小人物一路逆袭走上人生巅峰的故事，这就是很典型的低开高走。

我们工作室也曾经写过中国最强女海盗"香姑",她从一个乞丐一路成长为海上霸主的故事。

低开高走往往意味着励志与热血,从山脚到山顶,谁不喜欢看梦想成真呢?

2. 高开低走型

高开低走的本质是"毁灭",这类故事往往是悲剧。将美好的东西毁灭,是这类故事永恒的主题之一。《活着》《红楼梦》等作品都是这种故事类型的代表。

3. 一波三折型

有些故事,平平淡淡开始,平平淡淡结束,却依旧给人巨大的震撼,这就是第三种类型:一波三折。

其中的典型就是《恐怖游轮》,还有大部分探险类作品。这种故事多从普通人的视角出发,中途经历艰难险阻,最终回归正常生活,但结尾的正常生活因为中间的波折显得格外珍贵。

我们曾经写过一个故事,叫作《6个汤加少年的孤岛之旅》:

6个汤加初中生,偷了一艘帆船出海,没想到,刚起航不久就因暴风雨流落孤岛。6个少年在岛上顽强生存,甚至自己制定组织架构,设立严格的轮班和作息制度,一年后得救,回归正常生活。此时,他们已经从叛逆少年变成了热爱生活的生存专家。

这种故事模型颇具哲学意味：生活没有变，世界没有变，只是你经历的多了，你的心变了，所以你对生活的感悟也变了。

四、共鸣

共鸣来源于两个方面：熟悉、与我有关。

要理解共鸣的强大力量，就必须从我们中国人的人际关系的特性来论述。

关于中国人的人际关系，费孝通先生在《乡土中国》里提到了"差序格局"。费先生说，我们中国人的人际关系，就像是一块石头丢在湖面上，我们每个人都是波纹的中心，往外一圈一圈扩散的波纹就是我们的人际圈，越靠近中心的，与我们关系越近（见图 3-1）。

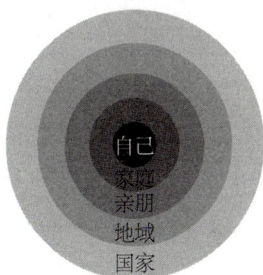

图 3-1　人际关系圈

这在我们与陌生人的对话中体现得最明显。我们在与陌生人交流时，首先会找共同点，也就是确认对方在差序格局中的哪一个层级，越靠近中心，双方越容易变亲密。

我们经常会使用如下方式去跟一个陌生人交流：

"你是哪里人？""哦，巧了，我们是老乡啊。"

"你姓什么？""本家啊，咱们同一个字辈的，500 年前是一家啊。"

大部分中国人的交际有个特点：在任何情况下，都要把人往圈里套，在国外的时候找同胞，在大城市找老乡，在本地找校友，在村里认亲戚。我们在交际时，常常在最大限度地追求共鸣，所以在找选题时，也应该从各个维度充分考虑这一点。

在这里，我给大家总结了四个维度，用来寻找能引起共鸣的元素。

熟悉的人物：朋友、同学、老师、伟人等。

熟悉的事件：1998 年洪水、非典、奥运会、汶川大地震等。

熟悉的场景：教室、宿舍、网吧、火车、商场、婚礼、葬礼等。

共同的文化基础：诸子百家、九年义务教育、中考、高考、诗词歌赋、四大名著、热爱和平、公平正义等。

绝大多数能引起共鸣的元素都涵盖在这四个类目里面。大家在寻找选题的时候，只管往上套就行了。

五、热点

热点本身就是此时此刻情绪与共鸣的高潮，并且根据事件不同，往往伴有猎奇与巨大落差。甚至可以说，热点其实就是优秀选题的集大成者。

热点主要分为四类：热门事件、热点人物、热门影视剧、热梗。

我写这部分的时间是 2023 年 11 月 24 日，我以最近的热点为例，为大家逐个分析。

1. 热门事件

今天，各平台排名第一的事件是"以国家之名，护英烈回家"：

11 月 23 日，载着第十批在韩中国人民志愿军烈士遗骸的空军运 -20 飞机，降落在辽宁省沈阳桃仙国际机场。异国埋忠骨，山河盼英魂。出征尚是少年身，归来已是报国躯。

这背后的故事，都值得我们书写。

2. 热门人物

11 月 22 日，2023 年两院院士增选结果正式揭晓，现年 45 岁的结构生物学家颜宁当选为中国科学院院士。

她曾到美国深造，学成后回到清华大学组建实验室，成为"清华最年轻的教授"。回国后她被人质疑，研究方向被人工智能严重冲击。

为这样一个年少成名，学成归国，又将与强大 AI 对抗，不断被质疑的天之骄女，写一篇精彩的人物故事，也未尝不可。

3. 热门影视

最近讨论度最高的电影是《我本是高山》，它是根据云南丽江华坪女子高级中学校长张桂梅的真实事迹改编的。影片却因为制作团队对事实进行戏剧性修改，引起了争议。

这时候，作为一个创作者，写一篇素材丰富、逻辑严谨、人物形象丰满的张校长人物稿，一定是民心所向。

4. 热梗

"纯爱战士""想你的风吹到了×××""成都迪士尼"……每一个热梗背后都是人们的一种情绪、一种生活态度、一种社会共识。

我们以最近的热梗"成都迪士尼"为例来说一说。在一位说唱歌手的视频中，他在成都某小区楼下一边使用健身器材，一边唱着歌，歌词中的"我要 diss 你"被大家调侃为"我要迪士尼"，此地也成为大家纷纷打卡的"成都迪士尼"。其实通过这个热梗，我们可以发散出不少选题："成都是怎样爆火的""说唱歌手的逆袭之路""中国说唱文化简史"等。

优秀选题具备的五大要素我们就全部讲完了。现在，我们再回到开头的那个问题：

"明星夫妻离婚事件"和"科学家顾方舟以身试药，研发糖丸疫苗拯救全中国"，这两个选题哪个好？好在哪里？

　　相信你已经能给出明确的答案：第二个好，因为这个选题与我们每个中国人有关，过程曲折，情绪感染力强，具备了很多要素。

　　一个好的选题，往往能同时具备多个要素，而且其中的一两个要素能达到极致。而具备的要素越多，某个要素越极致，也就越有写的价值。具体的筛选标准，我们在下一节会做更详细地阐述。

第二节

找选题的五种常用渠道

能否打造一个有价值的"选题池"，是职业创作者与业余创作者的最大区别。

"选题池"想要有丰厚的储备，可以从哪些渠道找"料"呢？作为一个全职写作者，兼半个写作指导者，我把自己常用的五种渠道毫无保留地分享给大家。

一、热榜

上一节我们已经明确了，热点是天然的好选题，那么热点排行榜，就是天然的"选题池"。

我们日常接触得比较多的热榜是"微博热搜""抖音热榜"等。事实上，每一个网站，每一个 App，甚至每一个细分领域的站点，都有自己的热榜，只不过你可能忽略了。而且，去每个 App 翻热榜这件事麻烦不说，手机内存也吃不消。

在这我给大家准备了一个"神器"，各大热榜的集合地——今日热榜官网。这个网站聚合了所有常用的热榜，还自制了一个实时榜中榜，方便用户查看实时热点，以及本周、本月最热话题。

那么，在获得大量热点话题后，怎么快速筛选出有效热点呢？此时上一节的内容就派上用场了。评判一个选题是不是好选题，可以从五个维度考虑：情绪、猎奇、落差、共鸣、热点。当一个选题已经是热点的时候，只要符合剩余四个维度中的任意一个维度的要求，这个选题就可以晋级下一轮。

二、视频平台

不得不承认，如今视频的受众数量是远超文字的受众数量的。我妈不认识字，看文字作品是不可能的，但她能从视频平台获得快乐。

做文字创作的人，永远不能只看文字作品，要去受众面更广的视频平台，看看现在大多数人在看什么，大多数人在关心什么。

在全职做付费短篇之前，我是没有下载抖音和快手这两个 App 的，我把它们定义为"杀时间黑洞"。全职做付费短篇创作之后，我下载了抖音、快手、B 站，同时要求所有作者下载这些 App，并把每天看视频变成一项固定活动。不仅要看视频，还要看评论区，因为很多热梗和情绪，都隐藏在评论区。更重要的是，视频平台的优质内容全部都情绪饱满、落差极大，而且能让受众产生强烈的共鸣。

　　视频平台内容一般不属于可以直接拿来做选题的类型，但往往可以激发我们的创作灵感。例如，我在 B 站看到了一个关于北漂的视频，产生了强烈共鸣。当天我就结合自己的北漂经历，写了一篇《北京没有爱情故事》，它的数据表现非常不错。

　　由于视频平台用户基数大，视频平台的创作者们非常多样化，各种小众内容都有人做。以下几类，基本就是我们文字创作者的高质量资源。

　　电影剪辑号：2 小时的电影内容，5 分钟讲完，对于寻找选题和灵感来说，简直再合适不过。

　　纪录片剪辑号：同理，用 5 分钟了解一个概念，10 分钟看完伟人的一生。

　　大案讲解号：可从中迅速了解各种大案，方便我们挑选有价值的选题。

　　当 App 常常"算计"我们的时候，我们偶尔也应该利用一下它们。

三、影视剧原型

　　这几年，影视剧大有回归现实土壤的迹象。前些年，影视行业一直紧抓小说翻拍影视剧，知名网络小说被改了个遍，2023 年后，影视行业开始大规模改编真实事件。

《八角笼中》改编自 2017 年轰动全国的"格斗孤儿"事件。

《消失的她》改编自 2019 年中国孕妇泰国坠崖案。

《第八个嫌疑人》改编自 1995 年的"番禺大劫案"。

《莫斯科行动》改编自 1993 年发生的"中俄列车大劫案"。

还有 2018 年的超级爆款电影《我不是药神》……诸如此类，不胜枚举。这无疑印证了那句话：现实才是最好的编剧。

面对由这种真实事件改编的电影，创作者一个都不能放过。

只要你跟着写，就必然有流量。电影是"重工业"，投资大，时间成本高，参与人数多。只要是院线电影，有明星参与，这部电影的宣发费用就不会太低。而有宣发，就有热度，内容是被专业编剧看上的，有人花重金造势，这样的选题有什么理由不写？

电影确定要上映了，我们就直接开始写原型事件，主打"借势"。而且，电影都是提前立项，提前公布上映时间的，我们只需要算好时间，在电影宣发前把稿子写完，就可以乘着电影宣发的东风"起飞"一次。

王宝强导演的《八角笼中》点映后，口碑非常不错，我朋友圈好几个人看完点映后，给出的评价都很高。于是，我立刻给作者安排选题，务必在电影口碑发酵、正式上映前，把这个选题的稿子准备好。

于是，我们写了一篇《"八角笼中"原型：被关进铁笼里，他才能逃出大山》。电影主打改编，我们的文章主打还原真实事件。看完电影的人，肯定会好奇，真实的故事到底是怎样的，电影里的几个原型人物，后来怎样了。我们这篇文章便提供了这些内容。电影负责给人造梦，我们这篇文章负责给电影善后。

四、朋友圈

越贴近生活的地方，越能发掘动人的故事。

前几年，李健在采访中说他不用智能手机，一直用老年机。很多人直呼"有个性""有知识分子的优雅和风骨"。可在另一次采访中，我又看到他说他不用智能手机，但是有个 iPad。

先声明，李健是我特别尊敬的歌手，在这里，我们仅探讨智能设备和社交媒体对人的影响。

不知道是不是受这类报道的影响，我发现很多创作者把朋友圈关了。但是我建议大家把朋友圈打开，因为朋友圈事实上已经成为我们社交浓度最高的地方。我们之前讲到的所有选题获取渠道都来自遥远的互联网。而朋友圈的声音，是近处的声音，是生活的声音。

最重要的是，朋友圈是我们塑造人物的最佳素材库。岁月静好的女孩，拥有怎样的成长轨迹，会发怎样的朋友圈；"打工人"每天转发的是什么内容，精神状态怎么样；"富二代"会选择什么工作，他们的消费水平怎么样；"凡尔赛文学家"今天又"整"了什么新活儿……

这些年，我在朋友圈搜集过不少素材：被骗去缅北后逃回来的；高中表白失败，参加工作后相遇终成眷属的；创业失败后"躺平"三年的……每一个都是绝好的选题。

所以，作为创作者，不能只看遥远的风景，也要时刻倾听身旁的声音。

五、多见人

我在北京工作时，交了个好朋友叫晓一，她是《五色时间管理》的作者。

当时我生活拮据，晓一经常会请我吃一顿火锅，跟我聊聊近况，并且每次都会跟我合照，然后将照片放进一个专属于我们的文件夹。她说她给自己定了目标，每年至少要见 100 个朋友。她给每个朋友都建了个文件夹，记录朋友们的变化。她说："故事都在细节里，而见面才能记录细节。"

前几天，我去拜访了一位小学同学。他刚从广东回赣州，在大学城文化广场租了一个店面，做烤肉。我去他店里拜访，我们有接近八年没见，聊起了很多往事。

他感慨："没想到，你居然成了个作家。"

我赶紧摆手："什么作家，用键盘'搬砖'而已。"

后来他忽然问了我一句："你还记得那本《韩寒全集》吗？你当时把它全看完了，那本书是我买的。"

我忽然有一种被命运击中的感觉。我多次在文章中写道，我的写作始于一本《韩寒全集》，可我一直忘了这本书来自哪里。为了使记忆合理化，我居然编造了一段我在马路上遇到一个书摊买了这本书的场景，补足了这段记忆。

记忆太容易被篡改了。

回去后，我依据这段回忆，写了一篇与记忆编辑、误会有关的小说。其中的内容如下。

因为多年前的一场意外，所有人的记忆都出现了差错。直到再次聚会，茶室老板点了一根香，有个人说，这个味道好熟悉。这时大家才想起，意外发生的那天，现场也有这个味道。于是真实的记忆被气味唤醒，虚假的记忆被覆盖。那不是一场意外，而是一场阴谋。凶手，就在茶室。

互联网拉近了人与人的距离，却阻隔了真实的交流。作为一个创作者，我希望自己能行万里路，更希望自己能见万种人。

真实，无法通过网络抵达。只有当你踩在被岁月侵蚀的地砖上时，你才能感受到历史的厚重。

所以，去吧，去现实世界，见真实的人。

第三节

四个进阶技巧，让选题来找你

普通的创作者追逐选题，优秀的创作者吸引选题。

前面我们介绍的所有方法都是主动寻找选题，追着选题跑——这是初学者必须经历的阶段。但现在，我们已经跨过了这个阶段，所以这一小节介绍进阶技巧。

熟练掌握以下四个进阶技巧，选题会自己来找你，你要做的只是挑选。

一、培养创作者思维

创作者思维，就是化繁为简，直击本质。

我和我的同事们参与最多的活动是看电影。但对我们来说，看电影只是开胃小菜，看完电影后的讨论环节才是主题。普通人看电影的流程是沉浸体验、出影院、评分、结束。而拥有创作者思维的我们在看电影时，想的往往是以下内容。

电影的受众群体是哪些？

电影的主题是什么？

电影用的是什么叙事模型？

电影里面有哪些前辈的影子？

电影可以拆分成哪几个阶段？

电影是否有能用在我们文章里的优点？

电影有哪些硬伤和缺点，我们叙事时要避免？

最后，我们会尝试把这个电影还原成一个简单的剧本大纲。

当然，这里仅仅是以电影为例。事实上，创作者思维应该贯彻在生活的方方面面。比如，在面对广告、游戏、人物、招牌等时，我们应该把自己的眼睛和大脑训练成 X 射线，穿过其装饰、血肉，站在创作者的角度，倒推他的创作思路。

二、驯化算法

如今最火的概念是 AI、算法。算法根据我们在互联网上的行为，为我们量身打造最适合我们的内容。毫不夸张地说，我们已经被算法包围了。

算法的初级阶段也就是内容定制。现在抖音算法已经强大到，可以为用户量身定制评论区了。例如，在同一个视频下，不同的人看到的评论区是不一样的；又例如，你的 IP 地址在什么地方，系统就给你优先展示相同 IP 地址的评论。

互联网逐渐从草莽时代的海阔天空、万物互联，变成了现在的坐井观天、囚徒游戏。

当然，一切事物都是双刃剑，在发现算法的这个特质后，我们就可以很好地利用算法。算法的目的很单纯，就是讨好用户，让用户看的都是喜欢看的东西，评论区都是志同道合的人，获得最好的用户体验，以便更好地留住用户。

既然如此，那我们就利用算法的"讨好"特性，让它为我们服务。

我做过一个实验。有阵子我沉迷于"三国"的故事不能自拔，就想看关于三国的各种探讨解析。于是我注册了个新的抖音号，用半个小时的时间把这个抖音号驯化成了只推送与三国相关的视频的账号。

第一步，点开搜索框，高频搜索"三国"相关词，如桃园三结义、刘备、诸葛亮、曹操、挥泪斩马谡、辕门射戟、官渡之战、赤壁之战等。

第二步，筛选。看到与三国相关的视频就点赞，与三国无关的视频就长按视频并点"不感兴趣"。

第三步，巩固。正常看视频，遇到与三国相关的视频就倍速播放完并评论，遇到其他视频直接划过。

不出三日，我就拥有了一个自动帮我筛选全平台三国优质内容的 AI 助手。

我还用这个方法训练了一个只看真实案件的抖音号，系统每天都给我推各种与悬案、大案、要案相关的视频，我看到合适的就收藏，需要选题的时候就通过翻收藏内容来找灵感。

这样一来，选题效率大大提高，原来困住我们的算法被我们驯化成了为选题服务的工具。

三、紧跟潮流，保持好奇

当下最热门的事物和话题，你可以不精通，但一定要了解。

这个社会上有很多人，尤其是取得了一点成就的，很容易对新事物持批判态度。出现任何新事物，他们都喜欢用"这不就是 ×× 版的 ××"来概括。这种傲慢的态度对创作者来说是致命的。

故事在莎士比亚时期就已经讲完了，我们所做的一切创新，无非就是"新瓶装旧酒"。爆火的事物本身，不一定值得我们学习，但背后的逻辑，一定值得我们学习。

我多年来都保持一个习惯：不管一个爆火的东西质量如何，我都会去了解。如果是电视剧《漫长的季节》这种精品，那我就在进行精神享受的同时学习创作技巧；如果是《完蛋！我被美女包围了！》这种简单粗暴的游戏，那我就分析其成功的原因。

就拿 2023 年的绝对爆款《完蛋！我被美女包围了！》举例。我是绝对的游戏小白，甚至连 Steam[①] 账号都没有。但当我看见这个游

———————
① Steam 是一个电子游戏数字发行平台。

戏高频地出现在各个地方时，我决定注册个账号体验一下。

我用了 3 天时间把这个游戏通关，最后得出结论：这就是个包装成游戏的男频短剧。那这个游戏爆火的本质是什么呢？是男性消费市场的崛起，是男性消费力的逐渐增强。之后的"双十一"数据和各平台的动作也印证了这一事实。而当我看到多个内容平台推出针对男频内容的征文消息时，我更加坚信了这一点。

我们也开始布局男频小说，而这个游戏就是最好的男频小说模板。

再次强调，爆火的东西不一定值得我们学习，但爆火的东西背后的逻辑，值得每个创作者深思。

我们只需谨记那句古老的箴言：取其精华，去其糟粕。

四、5W1H 分析法

北京烤鸭最地道的吃法是"一鸭三吃"，鸭皮、鸭肉、鸭架，各有各的吃法。

面对一个选题，从不同角度，也有不同写法。对此，有一个很好的办法，就是用"5W1H 分析法"对选题进行拆解。

5W1H，就是对选题从何事（What）、何时（When）、何地（Where）、何人（Who）、何因（Why）、何法（How）六个方面进行思考。

任何一个选题，都可以通过这个方法拓展出一个"选题群"。在这里，我们以"川航 3U8633 事件"为例，用"5W1H 分析法"对选题进行发散（见表 3-2）。

表 3-2　5W1H 分析表

5W1H	事件分析	相关拓展
何事 What	川航 3U8633 航班紧急遇险，迫降成功	其他飞机遇险事件，如阿拉斯加航空 261 号班机空难
何时 When	2018 年 5 月 14 日	2018 年发生的其他大事件：嫦娥四号成功发射、港珠澳大桥通车
何地 Where	四川成都	由地域发散：大熊猫、辣、火锅
何人 Who	四川航空，机长刘传健，副驾徐瑞辰	机长刘传健的个人精彩履历、副机长的故事、乘客的亲历、地面人员的配合
何因 Why	飞机风挡玻璃破裂脱落	同原因导致的其他事故，或者不同原因导致的其他空难，比如因为一颗螺丝松了导致的 261 号班机空难
何法 How	机组人员利用经验，齐心协力，成功迫降，拯救所有人	面对灾难时的其他同类感人故事，如地震救灾、郑州抗洪等

每个选题都有它的特质，也有它的侧重点。例如在这个选题中，何事、何人、何因、何法是重点，那么就可以把这四个要素排列组合，筛选归纳。通过这种方式，你就可以由一个选题发散出多个选题，告别选题焦虑。

第四节

自检清单：这个选题能不能写

当我们挑中了一个选题后，是不是就能开启一场酣畅淋漓的创作了呢？不，还早着呢。

工欲善其事，必先利其器。

在选题阶段花费再多的精力和时间都不为过。你和每一个选题的相遇都像是谈一场恋爱，你相中了，只是第一步。你们能不能走到最后，还有很长的路。在写作路上，你就把我当成你的僚机，你的参谋。请一定记住，找好选题后，带来我这看看，我为你准备了几项考验，都通过了才算"牵手成功"，可以奔向美好未来。

一、是否包含优秀选题的五大要素

情绪、猎奇、落差、共鸣、热点，是我们评价一个选题是否优秀要考虑的五个要素。

不妨把写作比作一盘棋，我们不是兵卒，不能埋头往前冲，而要像车和炮一样统领全局，进退有度。找到选题后，应该再次回到起点，对应这五个要素，看看选题是否达到了一个优秀选题的标准。如果未达到，那就重新找选题。

当然，我们必须从始至终贯彻一个原则"完成比完美重要"，不能要求一个选题同时具备"情绪、猎奇、落差、共鸣、热点"这五个要素。

我认为，这五个要素中情绪、落差、共鸣是基础要素，而猎奇和热点，则是增幅要素。

那什么样的选题，可以算是优质选题呢？写付费短篇将近四年的时间里，我接触了无数的选题。根据这些经验，我总结出了以下判断标准。

1. 基础要素够极致，就是优质选题

情绪、落差、共鸣，这三个基础要素，只要具备任意一个要素且够极致的选题，都可以视为优质选题。

怎样才叫极致呢？

我们以情绪举例。同样是愤怒，有些选题，只能让人产生普通的愤怒，读者看完后可能骂两句就完事了；而有些选题，却会让人看完以后捶胸顿足，咬牙切齿。

比如"消失的夫妻"一案。这个案件中四名罪犯有预谋地闯入民宅，侵犯折磨了夫妻俩足足八小时，最后将夫妻俩残忍杀害，让每一个看完案发过程的读者，都忍不住握紧拳头——这就是极致的

愤怒情绪。

落差如果足够大，也能达到同样的效果。例如，曾经的皇帝沦为阶下囚；曾经被人看不起的小角色成了天下第一——这是逆袭爽文十分常见的套路；曾经辉煌无比的地方变得破落不堪。

共鸣也是同理。当一件事情能引发大多数人的共鸣（比如奥运、高考、天灾等）的时候，势必会让很多人都忍不住点进来看两眼。那与之相关的选题，同样是一个优质选题。

那如果基础要素不够极致，应该怎么办呢？这个时候，增幅要素就起到关键作用了。

2. 热点 + 其他 = 优质选题

热点为什么是增幅要素，而不是基础要素呢？

根本原因在于，热点不能单独存在。热点如果仅仅是热点，没有情绪，没有任何落差，没有猎奇点或不能引发共鸣，也很难成为一个优秀的选题。比如前面提到的"某明星夫妻离婚"就是个例子。这在当时是个热点，但很明显，这个热点很难成为一个值得写的选题。

因此，热点这个元素，必须跟其他四个要素进行组合，才能成为一个好选题。

由此我们可以得出结论：一个选题是热点时，只要包含"情绪、猎奇、落差、共鸣"四个要素中的任意一个要素，都可以算作优质选题。

3. 猎奇 + 其他 = 优质选题

跟热点同理，猎奇也是增幅要素，而不能成为基础要素。

一个让人好奇的东西可能仅仅是一句话，或者一个非常简单的信息。虽然它有猎奇点，可由于缺乏情节，没有办法成为一个完整的故事，也无法就此扩展出更多的信息。因此，它同样需要跟其他的要素组合，才能成为一个好选题。

也就是说：一个选题具备"猎奇"这个要素时，只需再具备"情绪、落差、共鸣、热点"四个要素中的任一要素，都可以算作优质选题。

4. 五选三原则

我总结的这五个要素都是高度凝练的。

一个选题如果具备一两个，已经具备成为优质选题的可能性。而如果具备其中三个以上要素，那这个选题必然是优秀选题。

我将这个结论称为"五选三原则"。也就是说，一个选题具备这五个要素中的三个，你就可以毫不犹豫地选择它。

以上这四个方法，在任何时候，任何情况下都适用。

二、这个选题能不能用一句话吸引读者

爱因斯坦用 $E=mc^2$ 在物理领域证明了，即使是复杂的原理，也能用最简洁的公式进行表达。在创作领域，这个定律依旧适用：所有精彩的故事，都能用一句话讲明白。

简洁，是永恒的美。当你与一个选题"一见钟情"时，请你立刻把它浓缩成一句话的故事。接着，发给你的同行、读者或者主编，并真诚发问：这个故事你想看吗？

在我的印象里，有很多选题，作者给我发一句话后，我就直接让他抓紧写稿。

作者：云南唯一一只野生熊猫被两个农民击毙，还当街叫卖。

我：写！

作者：这是一个垄断中国 80% 假币市场的老头，电影《无双》的原型就是他。

我：写！

作者：俄罗斯老兵被诈骗，当地政府派部队突击诈骗犯老家。

我：写！

如果一个选题能用一句话总结出来，并且能让人拍案叫绝，那么这样的选题就是优质选题。如果一个选题，你绞尽脑汁也不能用一句话概括，或者你用一句话概括出来不能让人产生想了解的欲望。那这个选题，就直接放弃吧。

因为这有两种可能：第一种可能，这个选题本身不够精彩，主题不明确；第二种可能，你对这个选题的理解不够准确，没有抓住重点。

无论哪种可能，都指向同一个结果：你跟这个选题"有缘无分"，强行走下去也没有结果。听我一句劝：休恋逝水，苦海回身，早悟兰因，找个新的。

三、你准备投稿的平台上有没有人写过

有人的地方，就有江湖，写作也是一场江湖厮杀。写小说也好，写非虚构作品也罢，去任何一个新平台，咱们要做的第一件事，就是先仔细拜读这个平台上几位"盟主"（各类型头部作者）的文章。

在选题通过了前两项考验后，我们还需要在准备投稿的平台搜索这个选题的关键词。

例如，你想写《消失的她》的原型案件，毫无疑问这是个好选题，但是能不能写，还不一定。你需要换各种关键词搜索，看看是否已经有作者写过，写过的话是免费内容，还是付费内容。如果全平台暂时没有人写过，那么可以直接开始写；如果有人已经写过，那么就需要进入下一步：仔细阅读平台上已存在的文章。读完后，问自己以下几个问题，并诚实回答。

1. 我能不能为读者提供额外的信息？也就是能不能提供目前这些文章里都没有用到的新资料、当事人的新采访等。

2. 我能不能在故事结构上做出差异化？这个结构上的差异包含视角、时间线、主体内容的不同。

3. 我能不能在可读性、流畅度上比前人做得更好？悬念能不能设置得更好？人物能不能更丰满？能不能让读者的代入感更强？

如果这些问题的答案都是"能"，那么这个选题，就可以进入下一个环节。只要有一个问题的答案是"不能"，那我建议换选题。这样的选题即使写出来，大概率也无法过稿；就算过稿了，由于信息量、结构、可读性没有提升，也无法与已有的稿子竞争。所以不如趁早找个新选题，开辟新战场。

四、素材够不够

很多选题，乍一看很吸引人，很精彩，让人拍案叫绝。但等你准备开始创作时，却发现素材不够，500 字就把故事讲完了。那是一种在 KTV 唱拿手曲目，正要进入副歌，却被人切歌了的绝望。

我至今还记得一个选题：深圳有个人诈骗了叙利亚恐怖分子 15 万美元，最后恐怖分子向深圳警方报警。我信心满满，豪情万丈，提笔上马，跟周围同事保证，这会是一篇变现达 5 位数的爆款文章。可一收集素材，我发现所有人都是根据深圳市宝安区人民法院的一张判决书来创作的。当事人采访、案件细节、破案过程，统统都没有。最后我只能选择放弃。

所以，在进入写大纲阶段之前，必须进行简单的素材评估，看是否有足够的内容可以支撑创作。如果是小说创作，只需要真实事件作为引子、框架，那可以忽略这个步骤。如果是就真实案件进行创作，就一定要重点考虑素材问题。如果中途因为素材不够，被迫放弃选题，这不仅浪费了大量时间，对作者心态的影响也很大。

这都是我们用血泪总结出的"避坑"指南，希望各位引以为戒，让自己的创作之路更加顺遂。

五、选题自测表

在完成以上所有步骤后，部分朋友心里肯定还有两个疑问：我们聊了半天选题，选题到底长啥样？我做到什么程度，才算完成选题阶段，能进入下一阶段？

对于此，我制定了一个工作表，把不可量化的过程模式化，把自由发挥的主观题变成填空题（见表3-3）。

表 3-3　选题自测表

一句话总结故事	
包含五要素里的哪几个?	
平台是否已有同类稿件?	
素材是否足够?	

当你顺利填完这个表，恭喜你，选题阶段你已经大功告成。

此时你已经完成了1/6的进度，带上这个和你"双向奔赴"的选题，进入付费短篇创作的第二阶段——"写大纲"。

第四章

完善大纲，做好衔接

第一节

为什么一定要写大纲

写大纲是作者迈向专业化的第一步。

首先，我们得承认，世界上一定存在不写大纲也能写出杰作的天才。但我更加肯定，如果你是这方面的天才，并且愿意写大纲的话，则会写出更多杰作。

大部分人都不是天才，我就是一个普通人，所以每当进入一个新行业，我都会先按照一般的流程去熟悉工作，这样往往能得到最好的结果。

写大纲的好处显而易见，可总结成四点：提高效率、把控方向、降低成本、拔高上限。

一、提高效率

写作最难的一步是打开文档，动笔。

当你给自己的预设是"今天我要把这篇文章写完"时，你是很难动笔开写的，因为终点在哪儿你都看不到。而写大纲，你只需要告诉自己"先把开头写哪个情节定好"，只要开始了，接下来的事情就顺其自然了。

把创作比喻成一场苦旅，大纲就是指引我们轻松到达彼岸的地图，它通过简单明了的指示，把整个创作之旅分成很多段。

我小时候在杂志上看到过一个小故事，它很好地说明了拆解目标的好处。有个马拉松选手曾两次获得世界冠军，记者问他有没有什么秘诀。他说，他每次比赛前都会把整个路线看一遍，把路上标志性的建筑、大树、标牌都记下来。比赛时，其他参赛选手的目标都是终点，而他的目标是不远处的一座建筑、一棵大树、一个标牌。这样，对手都被遥远的路程吓到，而他自己的状态却一直很好，因为他的下一个目标就在不远处。

大纲的作用，就是让你看到：这一段马上就写完了，这一章马上就写完了，最后这篇文章马上就要写完了。写大纲，看似多了一步，实则让你快了很多。

二、把控方向

进入创作状态后，思绪就像一匹野马，如果不加以限制，必然会失控。

很多人写文章时都犯过一个常见错误，那就是偏离主题。因为在创作时，我们的思绪是发散的，它像《猫和老鼠》里的杰瑞，在大脑里翻箱倒柜，只为找出供读者食用的"奶酪"。

而解决这个问题的方法就是写大纲。大纲的本质就是化繁为简。给每一块"奶酪"都装上定位系统，写文章的时候，作者直接去找这几个地方就行了，别的地方就不用去了，避免走大量弯路。

三、降低成本

写一篇文章和写一份大纲，哪个花的时间更长？毫无疑问，肯定是写一篇文章。那么，从创作的哪个阶段，能看出一篇文章的质量？答案是大纲。

市面上几乎所有的编辑在跟作者对接时，都会说："你先写一份大纲看看吧。"

因为在写大纲阶段，就能根据故事的布局、情节、逻辑，以及你的过往完成度，想象出这篇文章最终的模样。如果在写大纲阶段就确定这篇文章没有潜力，那就及时止损。时间长了，甚至可以跟编辑约定，在写大纲阶段就简单进行一次审核，避免浪费时间。

写一篇文章也许需要一周，写一份大纲只需要一天。这意味着如果文章被拒，一周可能都白干了；而如果大纲被拒，明天可以再写一份。哪个的时间成本更低，不言而喻。

除此之外，写大纲还能降低改稿成本。举个例子，大纲就是还在流水线上的各个汽车零件，检查出哪个有问题，当场优化一个零件就行，其他零件不受影响。文章就相当于一辆可以上路的车，这时候出现任何一个问题，都需要进行全车检测，甚至拆除处理。一个局部优化，一个全身检查，哪个成本低一目了然。

四、拔高上限

如果你以为写大纲只在创作中有用，那你就太小看"大纲"这个神器了。

在前文中我提到过，我跟工作室的作者看完电影，基本会边吃宵夜边聊聊电影的优缺点。而我们复盘的第一步，就是先把这部电影还原为一份大纲，把这个故事的骨架和本质弄清，再去聊镜头语言和叙事手法。这个方法适用于任何文艺作品，如小说、电视剧、电影、话剧……当我们把一个作品还原成大纲时，作者的创作思路、设定初衷就一目了然了。

因此，我建议所有的作者，在创作中要养成写大纲的习惯，在学习优秀作品时养成还原大纲的习惯。做好这两点并时常练习，不敢说一日千里，但一定能日有所长。

所以，结论是显而易见的：一定要写大纲，不仅要写，还要认真地写。那么，大纲究竟应该怎么写呢？接下来，我们就上干货，手把手带大家写大纲。

第二节

搜集素材与整理素材

很多人会把找素材和写大纲分开，觉得这是两个独立的步骤。但我并不认同这种看法，在实践过程中，我认为找素材是写大纲的一部分，是写大纲之前的准备工作。

在互联网时代，信息是过剩的。那么如何在浩如烟海的信息中，找到自己想要的？这也是一门技术。

一、怎么搜集素材

在素材搜集阶段，请谨记一个字：全。

我们公司有一个基础原则，那就是作者查阅的资料字数，一定要是作者写的文章字数的 6 ~ 10 倍。写一篇 1 万字的文章，作者起码要查 6 万 ~ 10 万字的资料。

不同类型的资料，有不同的搜集方式，接下来我将逐一介绍。

1. 初级资料

这类资料，一般通过关键词搜索，就很容易获得。先通过大多数人都知道的百科（如百度百科、搜狗百科等）词条，做基础的事件、人物概况了解。

在阅读这类资料时，作者一定要有一个清醒的认知，即这种触手可及的资料属于初级资料。这类资料门槛太低，不具有稀缺性，因此也就不具备商品属性。假如我们写的付费短篇，全文信息都在百科可查，那肯定是不能要求读者付费的。

所以，我们得通过这些初级资料，触达深层资料。而触达深层资料的第一个途径，就是百科词条本身。因为每一个百科词条的最底部都有一列"参考资料"。

2. 深层资料

这时候你可能会有疑问，读者会查百科，难道他自己不会看这些参考资料吗？怎么百科词条是初级资料，百科词条底部的参考资料就是深层资料了？

原因就在于看参考资料需要多动一下手指。互联网上，只要多一个步骤，就能筛选掉一大半的人。大家扪心自问，除了大学写论文、自己写稿子，你什么时候查完百度后还看过底部的参考资料呢？

况且，百科的作用是简单科普，往往高度概括，且浅显易懂。而参考资料往往专业度高，有些是外文资料，需要翻译；有些是论文，有阅读门槛。对于创作者来说，这些常人不容易触及的资料，因其稀缺性和门槛高，恰恰更有搜集的价值。我们得把它们搜集消化了，才能真正给读者提供一些他们平时接触不到的信息，从而让我们的文章更具可读性。

明白了这些资料的价值，接下来，就是重复之前的步骤，阅读每一个参考资料里我们需要的部分，再看其参考资料，并继续延伸，整理成文字，放到同一个文档里。

3. 爆款资料

百科以及各种专业资料，深度有余但亲民不足。我们写的是面向大众的文章，所以必须在用户量足够大的平台去搜集大众观点。

常用资料一般分为三类：文字资料、视频资料、音频资料。

文字资料平台包括：微信公众号、微博、知乎、今日头条、裁判文书网（案件类资料一定要去这个平台查查）、知网等。

视频资料平台包括：抖音、快手、B站、央视网、豆瓣（把豆瓣作为视频资料平台，是因为在豆瓣上可以查找大量纪录片）等。

音频资料平台：喜马拉雅、小宇宙、得到等。

文字资料好说，一般直接整理好就可以用，但音频资料和视频资料，则需要转换成文字形式，才好整理。这里就得用上一个特别好用的工具——飞书妙记。在电脑上登录飞书平台，搜索飞书妙记，就能找到这个功能，把音频资料和视频资料直接导入，就能将其全部转换成文字。此外，飞书妙记还有一个强大的功能，点击文字可以直接定位到视频资料的对应画面，这对于创作需要配图的文章非常方便。

在这些平台搜集资料只是其中一个目的，更重要的目的是搜集"民意"。

由于这些平台是离用户最近的平台，所以我们往往能通过这些平台获得最真实的反馈：大众的情绪是什么，大众支持哪一方，大众进行了怎样的讨论，甚至会有消息灵通的用户在评论区呈现事件最新进展。

顺应读者本来就有的情绪和价值判断，才能得到读者的认同。这些对我们写大纲大有益处。

4. 进阶小技巧

前面讲的都是基础技巧，讲究的是按流程操作。大部分情况下，通过以上一套"组合拳"，搜集的资料绝对是够的。但是，有些时候，事件或者人物本身就冷门，资料有限，或者你想再多了解一些信息，那么还有以下几个进阶技巧可以用。

（1）以事找人

以事件为核心的故事，往往会涉及多个人。

例如"川航 3U8633 事件"这个选题，在一开始搜索关键词时，只能得到一些百科类基本信息。但是随着搜索的深入，我们就可以挖掘出事件中的人物，比如临危不乱的机长刘传建、整个上半身被吸进风挡窗口的副驾驶徐瑞辰等。

再以这些人物作为关键词，结合背景时间，便可获得更多跟选题相关的内容。这就是"以事找人"在实操中的典型作用。

（2）以人找人

同样的，以人为核心的事件，也会涉及其他的人。

举个大家耳熟能详的事件——江歌事件。在这个事件中，毫无疑问，江歌和其室友刘某是主角。但是如果需要获取更全面的信息，可不可以从其他人入手呢？答案是肯定的。比如凶手是刘某前男友陈世峰、江歌妈妈的江秋莲……

这些人都可以成为搜索关键词，帮助我们找到更多有用的信息。甚至，由此联想到的其他人，也有可能成为一个全新的选题。

在实操过程中，"以人找人"同样作为一种典型思路，常被用在寻找素材中。

（3）以图找图

以图找图，简而言之，就是用一张图片找出其他的关联图片，其实本质上就是我们常见的搜索引擎的"识图"功能。

我建议大家，用好搜索引擎的识图功能。很多人在搜集素材的时候，只关心文字，不关心配图。其实很多文字资料用的配图，可能都是法制节目、纪录片的视频资料。在我码字的过程中，很多宝贵资料都是这么"捡"到的。

用好以上几个技巧，你查找资料的效率必将大大提升。搜集到了素材以后，接下来就要整理素材了。

二、如何整理素材

其实整理素材的具体方法，总结起来一共就两步：先合并同类项，然后用编年法梳理。

1. 合并同类项

这个步骤很简单，也很好理解。我们搜集的素材中，一定会有很多重复的、互相引用的素材。这些重复的素材对我们来说是干扰，所以首先要将其剔除。剔除重复的素材时，要遵循一个原则：保留原始素材，剔除加工素材。完成这一步后，我们需要梳理素材。

2. 编年法

这个方法我之所以称之为"编年法"，源自史书中的"编年体"，即以年代为线索编排有关历史事件的史书体例。同理，用编年法梳理素材就是把搜集到的所有素材按时间顺序排列、整理好。

为什么我推荐用编年法呢？原因有以下几个。

第一，简单明了。

时间是我们自出生以来就接触的概念，这几乎融入了每个人的血液。许多人讲故事都是按时间顺序叙述的。所以，按时间顺序整理素材，对我们来说比较轻松。

看过刑侦电影的朋友都知道，警察审讯时都要求对方按时间说清楚自己做了哪些事。因为这是表达效率最高、理解门槛最低的方式。

　　同理，整理素材，我们要尽可能做到不费脑、速度快，很显然，编年法就是达成目的的最佳选择。

　　第二，全面。

　　在前文我们提到过，素材搜集要谨记一个"全"字。我们可以在写文章的时候，有的资料可以不用，但一定不能没有。一旦要从写稿状态脱离出来找资料，那浪费的时间就很多了。

　　而编年法，是我能想到的所有方法中，保证素材搜集得最全面的方法。

　　第三，客观。

　　编年法还有一个优点，就是客观。

　　在这个阶段，因为我们还没确认主题，还没确定情绪。所以作者不需要加主观判断，也不需要加情绪，只需要把所有材料按时间排列就行。这样才能在一切未定之前，最大限度保证素材的客观性。

　　在现实中就有非常典型的案例。我们会发现，警情通报和判决书，这种需要保持绝对客观的文件，一般都用编年法讲述。

　　这里以"糖丸爷爷"顾方舟的故事为例，按时间线整理出关键情节（见图 4-1）。

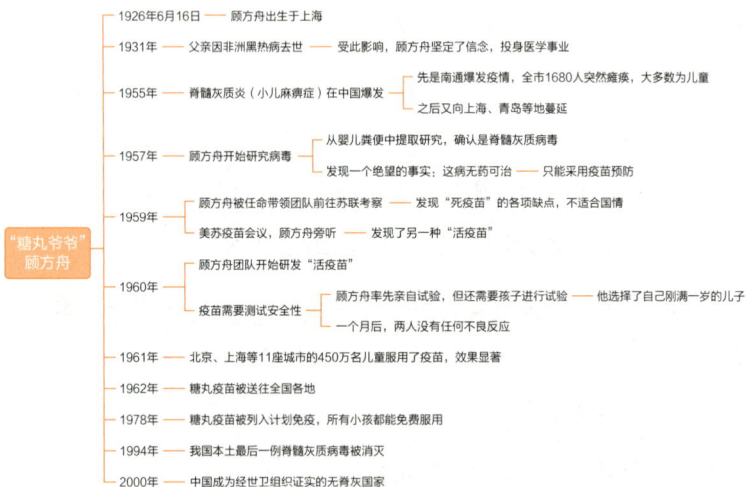

图 4-1 "糖丸爷爷"顾方舟的故事时间线

　　出于篇幅考虑，这里只列出了几个关键节点。在实际搜集整理素材的过程中，大家可以根据需要，把你能搜集到的，认为有价值的素材，都放到相应的时间线上。这样，写初稿时，你只需要找到对应的时间节点，就能很方便地提取信息。用好这个方法，它一定能带给你惊喜。

第三节

确定主题

主题乍一看是个非常虚幻的东西，但是把主题简化，其实就是一道填空题：

作者想通过 ＿＿＿＿＿ 的故事，表达 ＿＿＿＿＿ 的思想／价值观，让读者获得 ＿＿＿＿＿ 的情绪体验。

当然，以上这道填空，是从读者视角总结主题。从创作者视角确定主题时，应该是这样的：

我想表达 ＿＿＿＿＿ 的思想／价值观，并且让读者获得 ＿＿＿＿＿ 的情绪体验，所以我要写一个 ＿＿＿＿＿ 的故事。

通过这道填空题，我们可以把确定主题这件很抽象的事情具体化。总的来说，确定主题就是三个步骤：确定价值观、确定主情绪、按照前两者的需求整合素材。

一、确定价值观

首先，我们要明确一点：所有的故事所传递的价值观都需要是积极向上的。这是所有文艺作品的基本原则。

人究竟是性本善还是性本恶，存在争议，但是文艺作品应该引导人向善还是向恶，是不存在争议的。

我知道，看到这个观点的时候，你肯定下意识地想反驳：我就看过一本书 / 一部片，其中的价值观就不是正向的……很正常，因为我每次抛出这个观点的时候，都会遭到质疑。在这里我还原一场真实的辩论。

我：创作时，一定要记住，价值观只能是积极向上的。

作者：不对，我就看过不积极向上的。《三国演义》就是典型案例，最后代表忠义的蜀汉失败了，无耻的司马一家成了最后的赢家。

我：结局不代表价值观。《三国演义》的价值观是积极向上的，你看，作者在歌颂什么？后世流传的是什么？三国演义的主角，就是以刘备为首的蜀汉阵营——宅心仁厚的刘备、忠肝义胆的关羽、鞠躬尽瘁的诸葛亮。《三国演义》的核心主题是蜀汉一群人明知不可为而为之的浪漫主义。司马一家获得最后胜利，不是主题上的不正义，而是在结局层面正义失败了，所以大多数读者看到这个结果，都会感到遗憾。结局是否正义，影响的是读者情绪；价值观是否正义，影响的才是读者的三观。司马家在现实世界统一了中原，而诸葛亮、刘备、关羽，整个蜀汉集团，在思想上影响了整个中华文明。武侯祠香火旺盛，关帝庙随处可见，你说《三国演义》的主题正义不正义？

作者：我明白了。

其实，通过这场辩论大家就能理解，对于"价值观必须积极向上"这句话，大部分人的误区主要在于混淆了"结局正义"与"价值观正义"。

正如对话里说的，结局正义，影响读者的情绪；价值观正义，影响读者的三观。在保证价值观正义的情况下，结局是否正义无所谓。我们再看几个案例。

《水浒传》——结局不正义，梁山好汉招安后死伤无数，得善终者寥寥无几。但是其价值观正义，即替天行道，义气千秋。

《无间道》——结局不正义，好人陈永仁死了。但价值观正义，陈永仁身处黑暗，哪怕已无法正名，也要坚持"我是个警察"的正义信念。

相信到这里，大家应该能完全理解了，为什么文艺作品中，价值观都是积极向上的。

二、确定情绪

回到我们一开始的那道填空题：

我想表达 _____ 的思想 / 价值观，并且让读者获得 _____ 的情绪体验，所以我要写一个 _____ 的故事。

现在我们已经确定了价值观，接下来，我们要确定的就是"情绪"。

"情绪"是付费短篇影响力和完成度的衡量指标。一篇成功的付费短篇，应该通过情绪让人产生下意识的生理反应：悲伤到流泪，开心到大笑，愤怒到捶胸顿足，或者被吓得直冒冷汗。

一个故事，往往有多种情绪可供表达。最简单的办法，就是拿出我们在选题阶段就已经总结出的表格（见表 3-1），直接对号入座。

当然，一个表格肯定不能涉及所有类型的选题。如果你的选题，在表格中没有，我还有一个方法：把你在搜集素材过程中，印象最深的情节罗列出来，然后给每一个情节挨个标记情绪。哪种情绪标记得最多，就用哪种情绪做文章的主情绪。

这虽然是个笨办法，但绝对是个好办法。

下面我们还是以"糖丸爷爷"顾方舟的故事为例（见图 4-2）。

图 4-2 "糖丸爷爷"顾方舟的故事时间线

顾方舟爷爷研发疫苗的过程是艰辛的，但最终的结果是让大家欣慰和喜悦的。

到这里，我们就可以把空全部填齐了。那么关于"糖丸爷爷顾方舟"这个选题，我们可以这样写：

我想表达对顾方舟爷爷的敬畏之情（思想 / 价值观），并且让读者获得战胜病魔的自豪和喜悦的情绪体验，所以我要写一个顾方舟爷爷舍己为人，以凡人之躯对抗病毒的故事。

三、根据主题筛选素材

在前文，我们已经根据编年法，把所有素材整理好了。此时此刻，我们已经把主题确定了，需要再次对素材进行筛选，这时候我们要遵循的原则就是"精"，即把能更好地体现我们的价值观，更好地表达我们的情绪的素材筛选出来，作为我们的核心素材，其他不重要的素材则全部放弃。

整理好了核心素材，就可以进入下一个环节了。

第四节

优化结构

此时，我们已经拥有了充足的素材和一个明确的主题。接下来我们要做的，就是思考如何根据主题，更好地排列和使用这些素材。

在大家动手之前，我先跟大家分享三个我认为很实用的故事模型：许荣哲故事模型、《英雄之旅》故事模型、丹·哈蒙故事圈。

一、许荣哲故事模型

许荣哲先生的《小说课》共有两本，我都认真学习过，非常值得一看。可以说，在我刚进行小说创作时，许荣哲先生在《小说课》中提供的创作公式给了我极大的帮助。

后来我也看过很多写作类书籍，但对于新手、对于学习中文故事创作，我还是首推许荣哲先生的《小说课》。在这里，我简单跟大家分享下《小说课》中的故事模型。

许荣哲先生把故事创作拆解成了七步，分别为目标、阻碍、努力、结果、意外、转折、结局。

在前文中，大家应该能体会到，将抽象问题转化为具象问题会让我们看得更清楚，例如把确定主题变成填空题。许荣哲先生在《小说课》中，贴心地把这七个步骤变成了填空题。回答完这七个问题，你的故事雏形就有了。

1. 主人公的梦想是＿＿＿＿＿＿

2. 他的原罪是＿＿＿＿＿＿

3. 他通过＿＿＿＿＿＿（如何努力）

4. 结果＿＿＿＿＿＿（通常是不好的结果）

5. 发生了＿＿＿＿＿＿（通常是意外）

6. 情节＿＿＿＿＿＿（通常发生了反转）

7. 最后的结局是＿＿＿＿＿＿（通常是圆满的结局）

我用这个模型写过一篇付费短篇，名叫《梦醒时分》，效果非常不错。全文的基本思路如下。

1. 主人公的梦想是成为一名作家。

2. 他的原罪是只爱玩游戏，从来不努力。

3. 他在网吧偶遇编剧飞哥，成为他的"枪手"。（努力的过程）

4. 结果他把剧本完成了。

5. 发生了的意外是飞哥要离开这个城市。

6. 情节的反转是在他的劝导下，飞哥没有离开。

7. 最后的结局是那场劝导只是醉酒后的一场梦，飞哥离开了，而他写出了属于自己的第一篇小说。

当我回答完这七个问题以后，这个故事在我的脑海里就成型了。最后的结果表明，这个故事确实是一个优秀的故事。我强烈推荐大家使用这个故事模型。

二、《英雄之旅》故事模型

《英雄之旅》的故事模型是神话学家约瑟夫·坎贝尔在《千面英雄》里提出的。他认为，全世界的神话作品都有一个通用模型，于是总结出了一个故事模板。

经过不断地发展，《英雄之旅》一度成为风靡好莱坞的故事模板。卢卡斯曾经说过："《星球大战》就是基于坎贝尔的理念创作的现代神话。"而《狮子王》《功夫熊猫》《哈利波特》等，都是典型的以《英雄之旅》为模板创造出来的作品。

《英雄之旅》一共有十几个环节：

第一幕　出发

mat1.普通的世界

2.冒险的召唤

3.拒斥召唤

4.见导师

5.越过第一道边界

第二幕　被传授奥秘

6.考验、伙伴、敌人

7.接近深层的洞穴

8.核心的磨难

9.报酬

第三幕　归来

10.返回的路

11.复活

12.携万能药回归

　　光这么看这些内容肯定有点摸不着头脑，我将这个模型本土化一下，大家一下就能明白《英雄之旅》故事模型的魅力。

　　1.普通的世界——一个平平无奇的村庄。

2. 冒险的召唤（通常是一个重大事件）——山上来了一个蒙面人屠村，只有主角活了下来。他背负着仇恨踏上了习武之路。

3. 拒斥召唤（阻碍）——奈何他经脉未通，毫无习武资质，被多个大小门派侮辱拒收。

4. 见导师——最后，他孤注一掷，硬闯当地最强门派招新仪式，竟被大长老识出是万年一遇的"隐根"。大长老决定，收下主角做关门弟子。

5. 越过第一道边界——主角苦练10年后，大长老要求他下山游历。

6. 考验、伙伴、敌人——主角下山后一路匡扶正义，并寻找仇人。在这个过程中，他会遇到自己的伙伴和自己的爱人，开始变得小有名气。

7. 接近深层的洞穴（"洞穴"可以理解为黑暗、痛苦）——在寻找仇人的过程中，他发现当年屠村的人居然就是自己的师父——大长老。师父为了提高修为，不惜屠村取血。

8. 核心的磨难——主角陷入两难，一边是屠村之仇，一边是师恩。

9. 报酬（可以理解为收获，最核心的目的得到实现）——在伙伴和爱人的帮助下，他发现，自己也只是师父下一次突破的牺牲品。在爱人和伙伴的帮助下，主角大仇得报。

10. 返回的路——大长老被杀后，整个门派开始追杀主角。

11. 复活（不一定要死而复生，可以是蜕变）——主角不断提升自己，不断战斗，在被追杀的过程中浴火重生。

12. 携万能药回归（"药"不一定要是实物，可以是正义、善良、自由、爱等）——在主角强到可以灭掉整个门派时，主角选择了放下。因为他厌恶仇恨，想用自己的实力创造一个和平的世界。主角找了一个平平无奇的村庄住下，和自己的伙伴、爱人，过上了平静的生活。

《英雄之旅》故事模型，对创作以人物成长为主线的小说而言，是非常实用的。

大家回想一下金庸的经典小说《射雕英雄传》，剧情非常精彩，而其中的故事设定，有不少都符合《英雄之旅》的故事模型。

三、丹·哈蒙故事圈

丹·哈蒙故事圈是火遍全球的动画片《瑞克和莫蒂》的主创——丹·哈蒙开发的一种叙事结构。它脱胎于《英雄之旅》故事模型。

丹·哈蒙故事圈比较精练，专注于主角的人物弧光塑造，具体如图 4-3 所示。

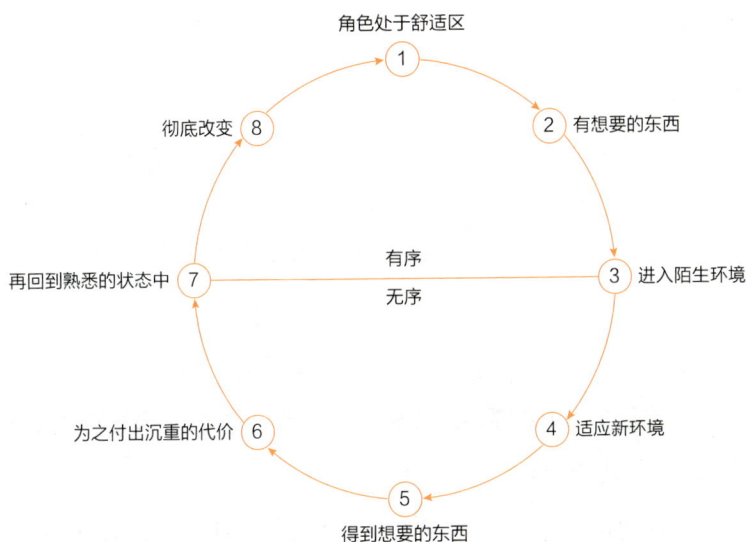

图4-3　丹·哈蒙故事圈

在这里，我们依旧进行一点简单的本土化。

1.角色处于舒适区——主角在小山村过着平静而美好的生活。

2.有想要的东西（可以是一直想要的东西，也可以是由一个事件引发的）——蒙面人屠村，主角想要复仇。

3.进入陌生环境——主角踏上习武之路。

4.适应新环境——主角被大长老赏识，最终学有所成下山。

5.得到想要的东西——发现仇人是大长老，复仇成功。

6.为之付出沉重的代价——主角发现看似完成了自己的目标，

实则陷入更大的混乱，即被门派追杀，甚至伙伴或者爱人在追杀中丧命。

7. 再回到熟悉的状态中——主角发现，自己追求的不是仇恨，而是和平。

8. 彻底改变——与门派冰释前嫌，自己隐居山林，需要匡扶正义、维持和平时才出山。

在这里受限于篇幅，我只能点到为止，更多关于这三个故事模型的内容，我建议大家去看原著。

对付费短篇而言，应用许荣哲故事模型与丹·哈蒙故事圈无疑是更合适的，但《英雄之旅》故事模型是理解丹·哈蒙故事圈的基础，同时也是近百年来影响力最大的故事模型之一，所以在此给大家一并分享。

最后，大家一定要注意，故事模型只是参考，不一定每个故事都要具备模型中的所有要素。大家可以根据具体情况，灵活运用。

四、付费短篇万能模板

根据经典故事模型，再结合我创作了几百篇付费短篇的经验，我也总结了一套专属于付费短篇的故事模型，命名为"付费短篇万能模板"。

它基于付费短篇独特的内容结构，分为四个部分：开头、截断前、截断后、结尾。这四个部分可以细分为九个模块（见图4-4）。

图 4-4　付费短篇万能模板

　　我先来解释一下这个故事模板为什么跟前面那些经典故事模型完全不在一个体系。原因很简单，前面三个经典故事模型都是根据故事情节或者人物成长过程创造的，而这个付费短篇万能模板是根据创作目的总结而来的。它的内核是制造矛盾，更适合付费短篇，更方便操作。简单来说，这个模板是为了告诉大家，每个节点起什么作用、要解决哪些问题。

　　接下来，我们详细拆解一下这个结构，先从开头讲起。

1. 开头

　　写付费短篇千万不要从故事开始的地方开始写，而要从最精彩的地方开始写。要三句话就"拿下读者",让他忍不住往下读。

　　所以,开头必须是整个故事中最精彩、最劲爆、最吸睛的情节。

2. 截断前

　　这是故事吸引读者的部分。这个部分首先要把主体故事讲好,因为这是根基。在做好这一点后,尽量加快节奏,把更多精彩情节安排在这个部分,目的是让读者产生"免费部分都这么精彩,付费部分那还得了"的想法。

　　在主线故事写好、精彩情节铺设好的情况下,就要安排好悬念了。记住,一定要在免费部分即将结束的地方设置悬念。

3. 截断后

　　这时读者已经付完钱了,应该立刻让读者得到满足。前面铺设的悬念也应当尽快揭晓,前面情节给读者渲染的情绪,这时候也要给读者一个交代。截断前,因快节奏而省略的部分信息,在这里也要做好补充,避免信息缺失。

4. 结尾

　　给整个故事收好尾,让主线故事实现闭环,不要出现硬伤。而且,主题在结尾也要得到体现。

　　至此,一篇标准的付费短篇的大纲就完成了。

第五节

大纲的展现形式

我在创作生涯中使用过三种大纲形式：文字、表格、思维导图。

这三种形式各有优劣。文字大纲是最自然、最符合我们本能的形式。从小学写作文开始，我们就使用这种形式的大纲。

表格大纲是对经典故事模型有了一定理解之后才用的，更适合职业创作者。在我做公众号期间，表格大纲让我受益匪浅。

我从专攻付费短篇开始，就坚持用思维导图写大纲了。对于我们公司的其他作者，我都强制要求他们用思维导图写大纲。因为思维导图是最符合付费短篇需求的大纲展现形式。

付费短篇的字数通常为 5000 ～ 30000 字，这个篇幅的大纲用表格来展现，显得过于庞杂，而用文字大纲来展现，又太容易失控，一不小心就将大纲写成初稿了。

相比之下，逻辑清晰、脉络清楚的思维导图就是最优解。这也是我的付费短篇万能模板用思维导图的形式来展现的根本原因。对于付费短篇来说，用思维导图能很好地概括主要内容，又能防止过度发散。

当然，思维导图大纲还有一个重要的作用是节省时间、提高效率。我们力求在整个创作过程能"无痛"开始。相较于文字大纲，使用思维导图大纲，你只需要先在空白页面上画出"付费短篇万能模板"，接着一个一个填空，把细节补充好，就行了。

我从零开始写作一直到现在，最大的感触是创作者从来不怕累，创作者怕的是打开一个空白文档，自己的大脑比文档还"白"，这样的"空白时刻"一不小心就会吞噬我们的时间。

所以，我力求在每一个步骤都鼓励大家把开头写好。写文字大纲时，我满脑子都是"第一句话该怎么写"。写思维导图大纲时，我想的是"不管了，先把最精彩的情节挑出来，放在第一个格子里就行了"。当我把最精彩的情节挑出来的时候，我就坐上了创作的"滑梯"，写大纲就是一件顺其自然、无比"丝滑"的事。

希望思维导图这个工具，能让你在写大纲时"无痛"开始，摒弃杂念，速战速决。

最后，给大家展示一份完整的大纲（见图4-5）。

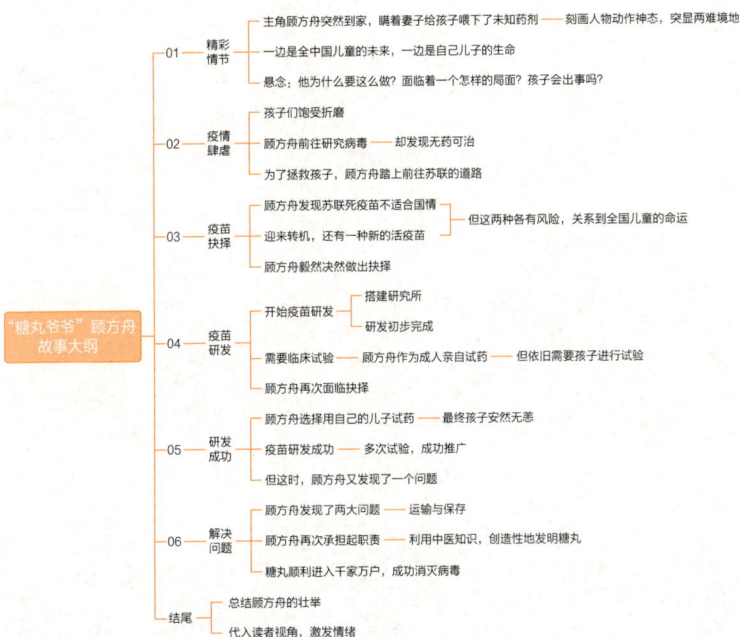

图 4-5 "糖丸爷爷"顾方舟故事大纲

　　受篇幅限制，我这里没法写得十分详细，只能展示基本的思路。在写大纲的阶段，我们打乱了时间线，并把整个故事中最两难的抉择放在了开头。大家也可以实操一下，根据搜集到的信息写一份属于你的大纲。

　　到这里，大纲就基本完成了。接下来，就得确定标题了。

第五章

取好标题，为好内容做好招牌

第一节

标题有多重要

对付费短篇而言，标题就是文章的"复活甲"。

有段时间我很郁闷，因为尽管我多次跟作者强调"标题很重要，大家一定要多花心思"，但作者提交的标题，一看就是那种匆匆忙忙写出来的。

后来我了解到，很多刚接触写作的人，会下意识地会把所有的精力放在写稿上。他们在写完结尾的那一刻，就像跑完 800 米的大学生，劲儿立刻就泄了。对于标题，要么将就着用，要么压根忘了要去优化。为此我专门开会详细解释了标题究竟有多重要。总结起来，标题的重要性体现在以下四个方面。

第一，付费短篇的标题，不仅仅是标题，还是"复活甲"。

第二，标题就是文章给读者的第一印象。

第三，什么样的标题吸引来什么样的读者。

第四，标题决定了文章是否能进行二次传播。

一、标题是作品的生命

标题对付费短篇而言非常重要，这是由付费短篇的推送机制决定的。

所有付费短篇都是内容平台的"亲孩子"，毕竟作者是自己的，流量是自己的，内容版权在自己手上，变现的所有收益也都属于自己。所以，内容平台对每一篇上线的付费短篇都是一视同仁的。每篇付费短篇上线，内容平台都会给予相同的流量，先进行一次付费转化的测试。转化率高的付费短篇直接进入下一个流量池，依此类推，直到"大爆"。

那么问题来了，那些第一次付费转化表现不佳的付费短篇怎么办？难道就直接被淘汰了吗？当然不是。我们前面已经强调了，付费短篇可是内容平台的"亲孩子"，它怎么可能会轻易放弃。内容平台会给这些表现不佳的付费短篇换一个标题，再试试。

所以，很多付费短篇平台在投稿阶段，会要求作者取多个标题备用。如果第一次测试数据不好，就换几个标题再试，多次尝试还不行，这篇文章才会被彻底"打入冷宫"。如果第一次测试数据很好，便带着原有标题进入下一个流量池，与此同时，之前数据不好的付费短篇也会匹配着其他新标题，也进入新的流量池。

无论哪种情况，付费短篇的每个标题都是一条生命。试想一下，假如我们拥有五个名字，每个姓名代表一次新生，还能决定一生是否顺遂，我们会如何对待这五个名字？

我经常对工作室的作者说一句话："市值几十亿的平台，都比咱们重视自己稿子的标题。"

如果你接触过付费短篇，就会知道我上面讲的这些有多真实。除了知乎这种受限于问答的内容形式，标题无法"续命"的平台，在其他几乎所有平台，标题都有"续命"的作用。

所以，珍惜自己的劳动成果、重视标题。

二、标题就是第一印象

设想一下，我们的文章是怎么与读者相遇的？

那是一片喧闹繁华的广场，无数文章与读者擦肩而过，而就在那一瞬间，我们的文章和一位读者四目相对，最后他选中了这篇文章。他们进入咖啡厅闲坐，开始讲一个并不漫长的故事。

这个场景像不像相亲？标题就是你给相亲对象展示的"第一印象"。

我们都听过一句话："好看的皮囊千篇一律，有趣的灵魂万里挑一。"有趣的灵魂确实难得，可是在这种快速选择、迅速匹配的环境里，大多数人都只挑"皮囊"。不是说灵魂不重要，而是第一印象，大部分是由皮囊决定。标题就是咱们文章的皮囊；内容，就是文章的灵魂。没有一个吸引人的标题，读者就没有动力去看内容。

客观来说，这是个看标题的时代。赶赴心上人的约会，再怎么精心打扮都不为过。所以，想让更多读者看到我们的内容，再怎么重视标题都不为过。

三、标题决定受众群体

标题是文章跟读者说的第一句话。这句话决定了文章吸引的是什么样的读者。

这个现象在生活中屡见不鲜。店铺名、小区名、品牌名都与标题的作用一样。例如，我家乡名扬天下的"江西小炒"，这个标题取得就非常好。首先"江西"两个字代表着"辣"，"小炒"两个字在无形中暗示了饭店规模和价格水平。喜欢吃辣，并且只想吃个简餐的顾客，直接进店就行了。一个好的标题就应该像"江西小炒"一样，简单明了，让目标受众放心打开。

那么，一个糟糕的标题会导致怎样的后果呢？

那大概就是周星驰电影《国产凌凌漆》里的名场面：周星驰一身西装风流倜傥地走进富丽堂皇的丽晶酒店，却被前台告知，他预订的"丽晶大宾馆"是对面那个脏兮兮的小旅馆。

当然，周星驰的电影是为了搞笑，专门给一个小旅馆取名"丽晶大宾馆"。如果我们在创作标题时出现这样的问题，那可就比电影中的搞笑效果还要搞笑了。

简而言之，好的标题会让读者自己找上门，坏的标题就算好不容易让读者进来了，也会啐两口就走。

四、标题决定能否二次传播

一个标题，不仅要在第一时间吸引读者，还要在读者看完后，能分享得出去。

关于这一点，我个人非常有感触。我读大学的时候，心血来潮写了一篇名为《小叙〈金瓶梅〉》的文章。当然，这并不是原标题，当年我还没有在互联网上创作，只是每周在 QQ 空间发长日志，分享给好友阅读。这篇文章的原标题是《说说西门庆与潘金莲的那点事》，这篇日志刚发出来，一位学长就在评论区批评我："年轻人，你看的都是什么东西？"

这篇日志在发表一天之后，点赞、评论数远低于我的其他日志，于是我把它删了。过了一周，我在这篇文章中又加了一些对《金瓶梅》的主题与价值观的探讨，并将其改名为《小叙〈金瓶梅〉》，然后重新发布。结果，那位学长再次给我评论："学弟，你很有见解，我帮你润色一下，再看看有没有合适的期刊可以投稿。"

你看，这就是标题的力量。

在使用《说说西门庆与潘金莲的那点事》这个标题时，学长甚至没有点开看这篇文章，而将标题换成《小叙〈金瓶梅〉》之后，学长不仅精读全文，还愿意帮我把文章转发给他认识的期刊编辑。

所以，一个合适的标题不仅决定了可以吸引多少读者，还决定了这篇文章可以传播得多广。

第二节

关于标题，需要打破的误区

小学语文课上，为了让大家更好地理解"标题"这个抽象概念，老师们往往会给我们一个简单粗暴的定义——标题就是概括全文的内容。这个观念对我的学习生涯影响很大。

那为什么我要把这个观点作为第一个误区来说呢？因为最根深蒂固的观念需要最硬的锤子才能击碎。

当然，在这里我们也要明确，我们讲的这些误区并非一无是处，只是说，这些观念太根深蒂固，以至于误导了很多人。我必须拿一把锄头，给这些扎根在大家脑海里的观念松松土。

一、标题不光是概括全文

概括全文只是取标题的一种基础方法。对于应试作文、纸媒投稿来说，这种取标题的方式没问题。但是现在我们面对的是付费短篇创作是在互联网上竞争，要跟那些身怀绝技的短视频竞争，如果还用这种方式，就完全不够用了。

因此，你需要破除这种观念，学习各种取标题技巧来强化自己。

二、标题不是越全越好

很多作者还有一个误区：既然标题这么重要，又是第一印象，又是最直接的沟通，那我就把文章里所有吸睛的词语、情节都放到标题里，岂不美哉？

然而事实并非如此。这种标题就仿佛一个富有但没有内涵的人在相亲对象面前过度表现——他脖子上挂着大金链子，手上戴五个手表，然后把房产证和车钥匙摆在桌上，一脸自信地看着你："小样，这还拿不下你？"

有那么一瞬间，你可能会被他吸引，但你的大脑中会马上发出警报：里面是不是有诈？最后你的脑海中只有两个词：浮夸、俗气。

所以，标题不是包含要素越多越好，也不是越长越好，一定要适度。

三、标题不是万能的

我们前面一直在强调标题有多重要，很多自媒体达人的课程，也都会把标题拔高到一个离谱的程度。但是我必须告诫各位：标题确实很重要，但是标题再重要，也不是万能的。例如，一个再优秀的标题，也拯救不了一篇千疮百孔的文章。好标题，只能锦上添花，不能雪中送炭。

我们强调标题重要，是指在起标题这个步骤，我们要尽全力做到极致，能让我们在其他步骤的付出更有效果，而不是把精力都用在标题上，对于其他步骤就随随便便完成，等着标题创造奇迹。

因此，我们要重视标题，但不能完全依赖标题。

四、取标题不是一步到位

很多人在写稿的时候会有写初稿、改稿、定稿这样的流程，但对于标题，往往都是取完就不再回头看。

其实，取标题跟写稿一样，是一件贯穿始终的事情。在写正文之前，先取一次标题。在写稿过程中，如果有新思路，随时记下，顺手优化标题。写完稿之后，对文章有了新的理解，也需要回头重新取标题。

切记，取标题不是一步到位，而是一项系统工程。

第三节

取标题的技巧

优秀的标题都是相似的，而糟糕的标题却各有各的花样。

做任何事情都有技巧。面对标题，我们要做的无非就是总结那些优秀标题的规律，然后把它们参透，最后为我所用。

在码字生涯中，我取过几千个标题，读过无数标题，喜欢用的、有效的取标题技巧如下。

一、借助热点

这是一种简单直接且有效的方法。如果你写的文章本身就是关于当下的社会热点的，那么毫无疑问，用当下的热词取标题就是最好的选择。

例如，电影《八角笼中》上映期间，我们写原型事件，最后定的标题就是《〈八角笼中〉原型：被关进铁笼里，他才能逃出大山》。张桂梅校长多次登上热搜后，我们写张校长的生平，最后定的标题

是《张桂梅：走 11 万公里路，送 2000 名女孩上学》。八角笼中、张
桂梅都属于热词，是读者非常有可能看到的词，看到才有点击的可
能性。

我们天生会被熟悉的东西吸引，而热词往往就是短期内我们最
熟悉的词语。

二、对标

把不熟悉的人或物，换成大家熟悉的人或物。

我们常常听到这样的形容，某某某被誉为"东方的 ×××"，
某某某被誉为"西方的 ×××"。例如，苏格拉底被誉为"西方的孔
子"，那苏格拉底在西方的地位就一目了然，万世师表。曹禺被誉为
"东方的莎士比亚"，看到这个称号，我们很容易明确他的定位：中
国现代话剧史上非常优秀的剧作家。

这就是常用的对标法，找一个读者熟知的符号，最大限度降低
读者的理解门槛，把读者吸引过来。

我们工作室的作者在写中国大豆专家庄炳昌遇刺一案时，起的
标题是《两个小混混一刀斩断国运，刺死"大豆界袁隆平"》。很多
人不知道庄炳昌是谁。在 2002 年遇刺时，他是国宝级大豆科学专
家，在德国获得博士学位后坚决回国，结果在莱阳被两个抢钱去网
吧的混混刺杀。

如何最快地让大家感受到庄炳昌的地位与科研能力？最简单有

效的办法就是对标。最后我们选择了人尽皆知的袁隆平先生，他们二位一个是大豆领域的国宝级专家，一个是杂交水稻之父，直接对标，读者立刻就能明白。

我们还写过一个故事：三个失意的美国男人和一匹下等马的"逆袭"之战。我们在取标题的时候很纠结，怎么让读者立刻对一匹马感兴趣，还能迅速理解这个故事的内核呢？最后，我们选择了《斗破苍穹》的主角——萧炎。

小马的爷爷是战神，但小马却是匹下等马，于是小马被主人无情甩卖。好在新主人是三个伯乐，他们带着小马一路血脉觉醒，碾压一切天骄。

萧炎的祖宗是斗圣萧玄，他作为天才开局却突然斗气全散，被一通羞辱后还惨遭退婚，好在遇见药老，从此发愤图强，一路"逆袭"。

于是我们取了个标题:《马版萧炎：从"43连跪"到盖过罗斯福》。简单明了，这就是一个跟萧炎人生轨迹一样的小马的"逆袭"故事。

对标可以省去很多跟读者解释的成本，这就是对标最有优势的地方。

三、反常识

关于这个点，其实我在选题阶段就提到过，这类标题往往让读者一看就觉得脑袋宕机了，一定要点进文章一探究竟。

比如前面提过的这几个例子：

《真钞厂印的钱，还能叫假钞吗？》

《公交司机发明"水变油"技术，13 年"狂赚"4 亿元》

《印度侠骗：卖 3 次泰姬陵、越狱 10 次，贫民窟撒钱》

这些都属于反常识的标题，其特点是每一个标题都让人眼前一黑，会让读者产生新问题。

看到《真钞厂印的假钞，还能叫假钞吗？》，读者想到的问题是有真印钞厂为什么要印假钞？印出来的到底是不是假钞？世界上真的发生过这种事吗？

看到《公交司机发明"水变油"技术，13 年"狂赚"4 亿元》，读者想到的问题是水怎么变成油的？真的有这种技术吗？靠这种技术怎么赚 4 亿元？

看到《印度侠骗：卖 3 次泰姬陵、越狱 10 次，贫民窟撒钱》，读者想到的问题是泰姬陵怎么可以卖？越狱的方法是什么？挣来的钱都捐了，他的目的是什么？

这类标题会让读者生理性想读内容，不读浑身难受。反常识的标题本身就制造出了更多的问题和悬念，这是其他标题无法比拟的。

四、制造危机感

我们不主张贩卖焦虑，但是制造危机感在写标题时，确实是一种实用且有效的方法。所以，在分享这种方法时，我也有义务提醒各位，方法是无罪的，就看使用者怎么用它。

"中年危机""裁员"，这些互联网热词都充斥着危机感，让人不得不关注。

比如以下几个标题：

《美国杜邦：一口不粘锅，毒害全人类》

《加湿器，家里的隐形杀手》

《朋友圈一张炫富照，要了她的命》

危机感很容易让人自我代入。我家也有不粘锅，我得看看；我家正在用加湿器，为什么它是杀手；我也在朋友圈炫过富，后果会怎样？这个取标题技巧，我建议用在有干货，且能真正为读者解决问题的文章上，方便读者迅速找到答案。

危机感会让读者在短时间内失去理性，从而产生点开看全文的冲动。只要确保我们的内容确实是有价值的，并且不是标题党[①]，这就是非常有效的取标题技巧。

五、巧用数字

我优化标题有一个原则，就是但凡标题遇到计数词，必须用阿

---

① 指内容缺乏真实性或相关性，却用夸张的标题吸引人点击查看内容的人。

拉伯数字。例如，"越狱十次"，在标题里我一定会将其改成"越狱10次"。因为阿拉伯数字作为一种世界通用的符号，不仅能吸引人的注意力，还能最大限度地降低人的理解门槛。

在这个部分，我们甚至不需要举任何新的例子，直接用这个原则去验证我们前面提到过的标题，就会发现数字的魅力。比如以下几个案例：

《公交司机发明"水变油"技术，13年"狂赚"4亿元》

《印度侠骗：卖3次泰姬陵、越狱10次，贫民窟撒钱》

带有数字的标题，总是让人更有探索的欲望。

六、疑问式标题

疑问式标题与制造危机感的标题有异曲同工之妙，都是直击痛点，读者想知道真相/答案，就得仔细看文章。

疑问式标题的首要功能就是引发好奇，比如：

《平台成赌场，主播当荷官，直播平台何以至此？》

《自称6岁被收养，一测年龄居然21？》

《到底有多少男性误服过避孕药？》

　　在使用疑问式标题时，一定要先问问自己，想不想知道答案。如果自己都不想知道答案，那读者更不会想知道答案。这也说明你的标题没有吸引力，需要加以完善。

　　疑问式标题还有另一种功能，就是直接解决具体问题——这在付费短篇领域非常有用。

　　在知乎知识类专栏排行榜上，长期存在英语学习、公务员考试指导类的专栏。其中付费文章的标题，大部分都是疑问式的。比如：

《报考公务员时，如何选岗才能提高上岸率？》

《军队文职和公务员该怎么选择？》

《如何高效备考事业单位？》

　　这种疑问式标题，往往能精准定位读者群体，并直戳读者的痛点，因此也经常被使用。

七、对话式标题

　　对话是作者拉近与读者的距离最有效的方式。

　　我写这部分的时候，五月天假唱风波正闹得沸沸扬扬。作为最大热点，各大媒体纷纷跟进。但像瀑布一样的信息流里，一个标题瞬间吸引了我，那就是拾遗的《"五月天假不假唱重要吗，那么较真干什么？"》。

这是一个典型的对话式标题，你可以看到经验丰富的编辑团队还给标题加上了引号，着重表达这是一句对话式标题。读者看到这个标题的第一反应是什么？本能地想反驳。只要读者想反驳，作者的目的就达到了。

当然，对话式标题还有一种类型，那就是说出读者的心声，比如《"这班，谁爱上谁上！"》。

所以，当你写完一个故事，不知道怎么取标题时，可以试着问问自己：有什么想对读者说的，然后将其用作标题。

八、使用金句

这里的"金句"，指的是广义上的大家熟悉的句式，比如古诗词、经典电影台词、俗语、广告词等。将这些熟悉的元素应用在标题里，也会有意想不到的效果。如：

《杜月笙绑架案："绑我可以，但得加钱"》

《〈龙猫〉原型绑架案：现实世界，不相信童话》

"绑我可以，得加钱。"化用了《绣春刀》里的经典台词，信息量大，省去了很多解释成本。

"现实世界，不相信童话"化用了前几年非常流行的金句"北上广不相信眼泪"，朗朗上口，也直接点出了文章主题：现实是童话的反面。

以上就是我在实战中经常会用到的标题技巧，大家看完后不用强迫自己立刻记住，取标题遇到困难的时候，把书拿出来，对照着解决问题。常看常新，熟能生巧。一段时间后，这些所谓的技巧，也就变成了本能。

第四节

取标题的原则

在这里给大家分享取标题时要遵循的三个原则。

第一，不做标题党。

第二，简单准确。

第三，要有社交价值。

一、不做标题党

"标题党"对读者造成的伤害与诈骗无异。"标题党"最大的问题，就是让读者的期待落空。我们在论述标题为什么这么重要时说了，标题的作用之一是留下良好的第一印象。做标题党，短期内能获得阅读量，能收获关注，但就长期而言，危害非常大。

创作付费短篇时，作者都是用自己的真实身份在与读者沟通，做一次标题党，读者被骗一次，就会把这个作者抛弃。

关于标题党，我必须说一段自己的黑历史。我刚开始在知乎平台写东西时，为了涨粉，特别喜欢在标题上耍小聪明。比如明明是个非常纯粹的爱情故事，但是为了吸引读者，我取了一个非常不雅的标题。

很快，教训就来了，葛巾老师当时还活跃在知乎，对我进行了公开批评。她后来说的一句话我记到现在："靠你的内容，扎扎实实地往前走，你一样能到达终点。"

做标题党，最高成就只能是成为营销号。我想，在看这本书的你可能有很多梦想，但一定不包含成为营销号。

二、简单准确

为付费短篇取标题时，不要用长句，不要用生僻字，不能逻辑混乱，不能出现错别字。

我们看看如下两个标题：

《中国农民工用砂纸打磨出先进芯片还骗经费成功》
《汉芯骗局：农民工手搓"中国最强芯"》

很明显，前一个标题进入你的视野后，你还要处理几十秒才能理解。而后一个标题，清晰顺畅，读完就能获得所有信息。

不要用生僻字，这就不需要过多解释了。

本身我们跟读者就是在茫茫文海中偶遇，还在身上贴一个"闲人勿扰"的标签，那就是拒读者于千里之外。国家语言文字工作委员会现代汉语语料库字频表显示，汉字中有 1000 个字占了所有汉字使用频率的 90%，常用 3000 字的使用频率占 99%，足以见得，读者对生僻字的冷漠程度。

不能逻辑混乱，对于这一点，我身边有一个典型案例。有位作者总是能取出一些明明都是汉字，组合在一起就让人看不懂的标题。

比如：

《海难之后少年惨遭不幸，他们的行为引发世纪大讨论》

我们优化之后的版本是这样的：

《孤海求生：3 人漂泊 24 天，还有 1 个在腹中》

优化完之后，是不是看着好多了，也更有点进去的欲望了？这就是短句的优势。

错别字就不需要举例子了，这是底线，靠自检完成。在任何时候，简单准确都是一个标题必须达成的效果——请务必记得这一点。

三、要有社交价值

前文讲过，标题决定了一篇文章是否能够被二次传播。所以，我们在取标题时一定要注意，标题要有社交价值。标题不仅仅要拿得出手，还要让人愿意分享。

有一次，我在一位非常喜欢的作者的公众号上读到了一篇文章，其内容非常好，是科普太空葬礼的。读完后，我特别想将其分享到朋友圈，可是一看到标题是《太空葬一出手，太奶飞升到宇宙？》，我就放弃了，因为这个标题会冒犯到一些长辈和朋友。

我常年"蹲守"朋友圈，发现有一个公众号的文章，文化圈的人特别喜欢转发，那就是"人物"。"人物"公众号的文章大部分与人物采访和社会洞察有关，而且延续了过去的特稿写作，都是有深度的内容。比如下面这些：

《90岁王蒙，永恒的青春》

《住在终南山的年轻人》

《当一个配角，跳进人生的旷野》

这些文章的标题大部分是表达态度的，或者是身份标签，"永恒的青春""住在终南山""跳进人生的旷野"都是对生活的态度，"年轻人""配角"都是身份标签。这些文章的作者借标题得体地表达自己的人生观。

虽然本书是讲付费短篇创作，但是写作这件事一通百通，特别是标题，其底层逻辑都是一致的。公众号依旧是中文世界当之无愧的内容王者，所以在这一章节，我们引用了很多公众号文章标题。

向行业头部学习，也是取好标题的实用技巧之一。

在实际写作过程中，我们一定要多去看看别人是怎么取标题的，多思考、多总结、多练习。长此以往，我们取标题的能力必然能提升。

第六章

导语和开头，三句话拿下读者

第一节

导语是付费短篇特殊的开头

"导语"是标题的补充，也是特殊的开头。其实，在付费短篇野蛮生长的 2020 年，还不存在"导语"这个定义。那时候，知乎的付费短篇的展现形式如图 6-1 所示。

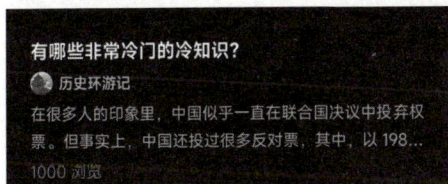

有哪些非常冷门的冷知识？
历史环游记
在很多人的印象里，中国似乎一直在联合国决议中投弃权票。但事实上，中国还投过很多反对票，其中，以 198...
1000 浏览

图 6-1　知乎付费短篇的存在形式

由于知乎采取的是"问答"的内容展现形式，所以系统会自动提取每篇文章的前 50 ~ 100 字作为回答。不久后，大家就发现了问题，这样常常出现答非所问的情况。于是，职业作者开始思考：能不能根据不同的问题，单独创作前 50 ~ 100 个字？于是就有了"导语"的概念。

　　我不确定自己是否属于第一批做这件事的作者。总之，我在
2020 年上线第一个专栏时，就已经开始为自己的小说单独配备 10
版以上的导语，方便编辑进行选择。

　　而后续新兴平台跟进时，也保留了导语这个板块（见图 6-2）。
虽然这些平台采用的不是问答形式，但在前文我们说过，这些平台
会使用多个标题对文章进行投放，不同标题也需要不同的导语。于
是，一段 50 ~ 100 字具备独立传播能力，概括性极强，颇具悬念的
文字，成为付费短篇的标配。

　　时至今日，所有付费短篇的投稿后台都将导语作为一个必填项，
可见导语在付费短篇中的地位。

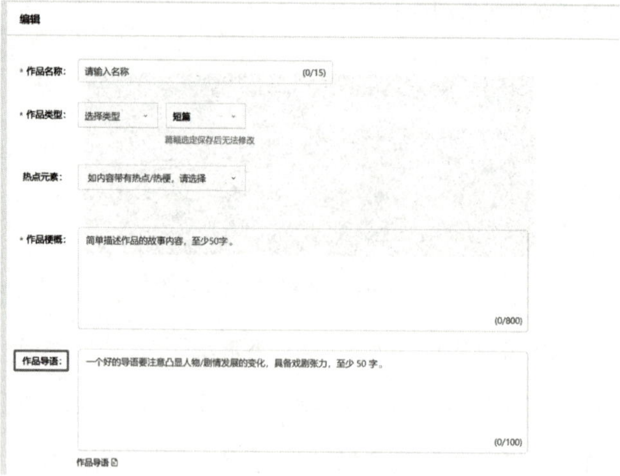

图 6-2　付费短篇的投稿后台

搞清楚了导语的前世今生，我们就要回到本章节开头那句话："导语"是标题的补充，也是特殊的开头。

导语是标题的补充：在付费短篇中，导语与标题是同时出现在读者面前的。标题负责吸引读者，导语负责初步达成预期，并设置更大悬念。

导语是特殊的开头：导语可以直接用来做付费短篇的开头，是付费短篇开头的一种。

关于开头，《机器人总动员》的导演安德鲁·斯坦顿曾有过一段精彩的诠释：故事的开头，就是给观众一个承诺——这个故事对得起你接下来的时间。

由于付费短篇这种文体的特殊性，具体的开头创作技巧，我们将分为两类来讲述。

第一类是导语做开头。在这种情况下，开头就是标题的延伸，我们将根据取标题的八种技巧，给出对应的八种导语创作技巧。

第二类是传统的文章开头技巧。对于不用导语做开头的情况，我们也给出五种创作技巧。

第二节

导语创作技巧

　　导语就是关键要素的组合。

　　一篇文章的关键要素无非就是三个：情绪、情节、悬念。这三个关键要素，再加上标题本身的特质（热点、对标、反常识、危机、数字、疑问、对话、金句），四个要素组合，就能写出一段优秀的导语。

　　我想了很久，该如何让大家理解导语的创作思路，最后终于找到了一种合适的方式：拆解电影预告片。

　　电影预告片是电影标题的补充，必须具备独立传播的能力，同时，它还是一部电影最本质的内容。导语与电影预告片最大的不同在于，没有电影会用预告片做开头，但付费短篇可以用导语做开头。

　　一部电影的预告片由哪些组成？最煽情的画面、最有冲击力的镜头、最吊人胃口的台词。总结一下，还是情绪、情节、悬念，再扣一下标题。所以，请像剪预告片一样，去写文章的导语。

接下来，我们就结合案例，详细讲解各种类型的导语是怎么创作的。为方便大家系统理解，本节案例均沿用我们在"取标题的技巧"一节中使用过的案例。

一、热点类导语

我们先看个案例。

标题：《张桂梅：走 11 万公里路，送 2000 名女孩上学》

导语："我要办免费女高，让女孩们免费上学。"所有人都认为她疯了。她被误解、被人骂、被狗撵。为实现免费女高梦，她几乎付出了生命。万幸的是，她做到了！

这是一个典型的搭配热点式标题的导语。面对热点式标题，我们在创作导语时，最重要的就是利用好热点。

导语必须惜字如金，上面的导语没有使用一个"张桂梅"，全部都用"她"代指。因为标题中已经明确了，这篇文章就是写张桂梅的。"张桂梅"是 3 个字，"她"是 1 个字。导语中用 4 个"她"就省下了 8 个字的空间。

开头直接引用"我要办免费女高，让女孩们免费上学。"这句话，省略了"张桂梅说"。在导语部分，表达效率第一。多节省几个字，你就可以多写一句话，而多一句话的渲染，你就多了一分吸引读者点开文章的可能性。如果写导语的时候，没有与标题配合的意识，一定会浪费大量的表达空间。

热点咱们利用完了，接下来我们看"情绪"。这段文字中，我用到了如下两句话："所有人都认为她疯了。""万幸的是，她做到了！"这两句话都在表达情绪，而且是两种落差极大的情绪。张桂梅从不被理解到证明自己，这是一个完整的、正向的情绪体验过程。

"被误解、被人骂、被狗撵。为实现免费女高梦，她几乎付出了生命。"这两句则是"爆点"情节的高度概括。

最后，我们通过整个导语的留下了两个悬念。张桂梅为什么要创办免费女高？张桂梅是怎么做到的？

综上所述，为热点式标题创作导语时，我们可以直接套用公式：热点＋情绪＋情节＋悬念。这里提醒一下大家，这几个要素排序不分先后，悬念可以单独写，也可以融在整个导语中。

二、对标类导语

我们先看看如下案例。

标题：《马版萧炎：从"43 连跪"，到盖过罗斯福》。

导语：1938 年的美国有个狠角色，拳打×××，脚踩×××。这位狠角色，不是人，而是一匹马。它从被当成废物抛弃，到逆袭为战神并举世闻名。它的故事激励了一代又一代的美国年轻人，它堪称马版萧炎。《斗破马厩》即将上演。

在为对标类标题创作导语时，我们必须注意一个核心点。即标题已经给出了"马版萧炎"的概念，那么在导语中一定要优先解释，为什么这匹马被称为"马版萧炎"，最后再强化这个对标概念。

所以在这段导语中，我们前面都是在写这匹小马"废物、逆袭、励志"的特质，对标题中的"马版萧炎"进行解释，最后再总结，并化用书名《斗破苍穹》，将小马的故事命名为《斗破马厩》。

情绪方面，整段导语都在渲染一种"热血励志"的情绪，句句话不提热血，句句话都在写热血。

情节方面，我们用一句话概括："它从被当成废物抛弃，到逆袭战神并举世闻名。"

在这段导语中，悬念的营造则是靠虚实结合实现的。"实"的部分，就是指细节描写："拳打×××，脚踩×××"；"虚"的部分，指的是概括性描写："它从被当成废物抛弃，到逆袭战神并举世闻名。"

看完后，读者会产生以下几个疑问：一匹马怎么拳打×××，脚踩×××？这匹马的逆袭过程是怎样的？这匹马和萧炎，哪个更励志？

综上所述，为对标类标题匹配导语时，也可以直接套用公式：解释"对标概念"＋情绪＋情节＋悬念＋再次强调"对标概念"。这里需要提醒大家的是：首尾顺序固定，情绪、情节、悬念三要素可自由排列组合。

三、反常识类导语

我们以前面提到的"真钞厂造假钞"事件为例。

标题：《真钞厂印的钱，还能叫假钞吗？》。

导语：别人是做不出真钞才去做假钞，而他直接在真印钞厂里印了好几亿元，还差点买下了中央银行。他一个人就把三个国家要得团团转，甚至亲手毁掉了其中一个政权。

我们在前文介绍过，反常识类的标题往往是与选题配套的，其特点是每一个标题都让人眼前一黑，继而让读者脑海里产生很多新问题。那么在创作与这类标题匹配的导语时，我们首先要做的就是继续给读者制造问题。

我们拆解一下上面这段导语，就会发现全是陈述句，但每句话都在制造问题。

"别人是做不出真钞才去做假钞，而他直接在真印钞厂里印了好几亿元，还差点买下了中央银行。"这就是在给读者制造问题：他凭什么能印真钞？用印钞厂的钱买下中央银行，这不就等于用从"花呗"借出来的钱买下"支付宝"吗？他是怎么做到的？

"他一个人就把三个国家耍得团团转，甚至亲手毁掉了其中一个政权。"这也是在给读者制造问题：他印假钞怎么还能玩弄三个国家？他是怎么毁掉一个国家的？

如果说标题是放出一个最有吸引力的问题吸引读者，那导语就是继续释放更多细节上的问题，让读者彻底沦陷。这类导语，根本不用考虑悬念的事，直接呈现情绪和情节。

情绪塑造也很简单，用真印钞厂造假钞，凭一己之力玩弄三个国家，还毁掉一个政权，这不就是标准的爽文吗？

情节就更简单了，直接罗列离谱情节。

看到这儿，相信大家已经理解了，情绪、情节、悬念这 3 个要素其实并不是独立存在的，它们交叉融合，导语一定要都具备。

综上所述，这类导语的创作公式就是制造更多问题 + 情绪 + 情节 + 悬念。

四、危机类导语

我们以"川航 3U8633"这个选题为例。

标题：《飞机风挡高空破碎，机长史诗级操作》。

导语：9800 米的高空，风挡全部脱落，系统完全失灵。他要对抗零下 40 度的超低温和极度缺氧，还必须手动操控严重受损的飞机。任何一个微小的失误，都可能导致机毁人亡。而他全程仅靠手动操控，最后让飞机奇迹般安全落地。这是电影《中国机长》的故事原型，更是一位民航英雄的史诗级壮举。

　　在创作危机类导语时，首先要把危机的形成过程说清楚，最后概括危机的结果。

　　而危机的形成过程，往往就是我们塑造情绪的关键。例如这个导语中的"9800 米的高空，风挡全部脱落，系统完全失灵。他要对抗零下 40 度的超低温和极度缺氧，还必须手动操控严重受损的飞机。任何一个微小的失误，都可能导致机毁人亡。"

　　这段描写一直在把危机具体化：飞机严重受损、低温、缺氧。在介绍危机形成过程时，关键情节的概括也完成了：因为飞机受损，系统失灵，必须立刻手动迫降，任何微小失误都将导致机毁人亡。

　　看到这个导语后，大家会控制不住想知道：飞机为什么会出现这么严重的损坏？飞机上有多少人？在如此恶劣的条件下，机长是怎么做到平安迫降的？

　　危机类的导语一般是通过让读者对具体细节产生好奇来设置悬念的。

　　综上所述，此类导语的创作公式为：概括危机形成过程 + 情绪 + 情节 + 悬念。

五、数字类导语

　　我们以前面的"印度侠骗"这个选题为例。

　　标题：《印度侠骗：卖 3 次泰姬陵、越狱 10 次，贫民窟撒钱》。

　　导语：他，把泰姬陵卖了 3 次、印度皇宫卖了 2 次、总统府卖了 1 次。国会大厦和 545 个议员，也都被他打包卖了。而他把卖来的钱，都捐给了穷人。他一生越狱 10 次，最后一次是在 84 岁。

　　为数字类标题创作导语时，最关键的技巧就是用数字强化数字。这个导语本质就是对标题的拓展。标题字数有限，我们发挥受限。在导语环节，有 50 ~ 100 个字的发挥空间，那我们就要进一步用好数字。情节、悬念全部用数字展现。

　　"他，把泰姬陵卖了 3 次、印度皇宫卖了 2 次、总统府卖了 1 次。国会大厦和 545 个议员，也都被他打包卖了。""他一生越狱 10 次，最后一次是在 84 岁。"这些内容必然引发疑问：他是怎么把这些东西卖出去的？ 84 岁，大多数人阅读都费劲，他居然还能越狱？在疑问尚未得到解答时，我们又单独用这样一句话引导情绪：而把他卖来的钱，都捐给了穷人。这句话，直接确定全篇基调：欢乐爽文，主角是侠盗。

　　综上所述，此类导语的创作公式为：用数字强化数字 + 情绪 + 情节 + 悬念。

六、疑问式导语

　　我们以彼时的热点某平台创始人被捕为例。

标题：《平台成赌场，主播当"荷官"，直播平台何以至此？》。

导语：某直播间居然是线上赌场。而主播就是荷官，吆喝一嗓子，赚的是天文数字。具体操作更是十分复杂，一群人在法律边缘游走。而这些，竟都是平台创始人一手策划的。从"最强"创业打工人，到"最刑"网络 CEO，他只用了十几年……

为疑问式标题创作导语，优先要做的就是简单回答标题提出的问题，再制造更大悬念。标题提出的问题：直播平台为什么会成为"赌场"？导语做的回答：这是平台创始人精心策划的。

渲染情绪靠的是前两句话："某直播间，居然是线上赌场。而主播就是荷官，吆喝一嗓子，赚的是天文数字。"很明显，这些内容带给人的主情绪就是愤怒。我们再把情节概括一下：操作十分复杂，平台创始人一手策划，创始人履历精彩。

引发的悬念如下：主播具体是如何操作的？这个创始人经历了什么？读者由此会产生一个想法：这么恶劣的事情，我一定要搞清楚。这样，导语的目的就实现了——吸引读者读下去。

综上所述，此类导语的创作公式为：回答问题 + 情绪 + 情节 + 悬念。

七、对话式导语

关于对话式导语，我们以野草文化写的一个离谱骗局为例。

标题：《"我乃太白金星之子，打钱"》。

导语：如果有人说自己是太白金星的儿子，向你要钱，你会觉得他是个骗子，还是个精神疾病患者呢？ 2017 年，有个男人自称是太白金星的儿子去行骗，离谱的是还真有人信了。

为对话式标题创作导语时，最重要的是"补充语境"。受限于篇幅，我们在标题中，往往只能展现对话本身，但很难完整地呈现出这句话是在什么情况下说的。所以，导语的第一句话就是呈现语境：如果有人说自己是太白金星的儿子，向你要钱，你会觉得他是诈骗犯，还是个精神疾病患者呢？

当然，这里还完成了另一个关键任务——增强代入感。直接使用第二人称"你"，把读者拉到语境中，将对话式标题的效能发挥到最大。

在这个导语中，对于情节，我们只做了一个简单概括：有一个男人自称是太白金星的儿子去行骗，离谱的是还真有人信。

情绪方面，我们用导语营造了一个黑色幽默的场景。

悬念只有一个：这个离谱的骗局到底是怎么成功的？

综上所述，此类导语的创作公式为：补充语境 + 增强代入感 + 情绪 + 情节 + 悬念。

八、金句式导语

我们讲过，"金句"指的是广义上大家熟悉的句式，古诗词、经典电影台词、俗语、广告词，都属于"金句"范畴。

由于金句类导语范围太大，在此就不列公式了。大家也可以自己根据前七类导语的公式，自己试着总结金句式导语的公式。

到此，八种根据标题创作导语的技巧就讲完了。最后还有以下几点注意事项。

第一，导语就是预告片，预告片是整个电影拍完后挑精彩部分剪出来的，所以导语也可以最后再写。或者，先写一版导语，写完全文后，再优化导语。

第二，前文所有公式中，情绪、情节、悬念的顺序都不固定。

第三，前文所有公式中，情绪、情节、悬念都不是单独存在的。导语中的一句话可以只实现其中的一个功能，也可以同时实现所有功能。高质量的导语，应该营造出浓郁的情绪，制造出悬念，概括出情节。

第三节

其他开头的创作技巧

前面说过，导语只是一种特殊形式的开头，那非特殊形式的开头怎么写呢？在不用导语做开头的情况下，对于开头我们也有一些创作技巧。

一、三要素开头法

所谓三要素，就是时间、地点、人物。用三要素法写的开头能最迅速、最高效地向读者展示，你要讲的是个什么故事。

我写《梦醒时分》时，就用了三要素开头法：

那年我读大二，和谈了五年的女朋友和平分手，开始沉沦于大学城网吧。

在那里，我遇见了改变我生活的两个人，陷入了一段四角恋。

她是我见过的最漂亮的女网管。

知乎头部作者叶小白在《夏季星云》中也用过三要素开头法：

2009 年初春，我在走廊上发呆。一个女生走过来，她告诉我，她来自未来，在 2009 年的夏天，我会死掉。

这两个开头一对比，显然后者更胜一筹，它简洁、明了，悬念性更强。他用"初春"和"夏天"两个时间点，再结合"来自未来"的设定，把悬念渲染得很到位。

所以，当你不知道怎么开头的时候，不如直接用三要素开头法。说不定，会有意外之喜。

二、下定义式开头法

所谓下定义，其实就是给出一个结论。这种结论往往都是新奇、有反差、突破认知的，或者是一些大家熟悉的话题、人物、事件的新角度。而且一般来说，下定义都体现在第一句话，后面的内容不一定是在下定义，但一定会对这个定义做出详细的解释。

比如我们有一篇关于李昌钰的稿子，标题叫《李昌钰伪证事件：华人神探 vs 一条血毛巾》，它的开头是这样的：

这是李昌钰职业生涯中最大的一次危机。两名少年因为杀人锒铛入狱。他们坐了 30 多年牢后，事情却有了反转——他们是被冤枉的。而李昌钰当年检测的一条带血毛巾被指为伪证……

在这里面，"这是李昌钰职业生涯中最大的一次危机"就是典型的下定义。在这个句子中，"李昌钰"是大家熟知的人物，一旦将他跟"危机"联系起来，还是"职业生涯中最大的一次危机"，自然让读者忍不住想：这个危机是什么？为什么是他最大的一次危机？这场危机最后是怎么处理的？这个开头就吊足了读者的胃口。

读者因为开头下定义的句子开始看文章，却一步步跟着我们预设好的路线走，产生了更多的疑问。这就是下定义的魅力。

三、新奇反差式开头法

叶小白在知乎问题"智商下线是种怎样的体验？"下，写了一篇小说，开头用的就是新奇反差：

说出来你们可能不信，我被一颗柠檬砍了。事情是这样的……

这种开头，读者一看就会十分奇心。读者会想，作者是一个人，而作为一个人，居然被一颗柠檬砍了，到底发生了什么呢？这又是怎样的一个故事？

问题一旦产生，阅读欲望必然随之而来。

四、营造氛围感式开头法

我们同样以叶小白的另一部作品《夏天啊夏天》的开头为例：

> 大一的夏天总是无所事事，漫长的假期，空荡的宿舍，只有风扇嘎吱嘎吱地转。
>
> 小黄狗原本打算准备一下补考，他翻了几页书，把头仰到椅背上，长长地感叹："我还是看不懂啊！"

这个开头看起来十分真诚，没有任何"套路"。作者只是用了几个很简单的句子，营造出了一种悠闲又带着一丝焦虑的氛围感。喜欢这种氛围感的读者很容易被吸引，然后想要了解更多的故事内容。

通过这个案例，我们可以看出来，有时候套路和方法并不是必需的，真诚的描写同样可以打动人。

五、此刻状态式开头法

我们看一下下面这几个开头。

开头 1：

我重生了。

开头 2：

丧尸危机爆发了。

开头 3：

我实在没想到反转来得这么快。

这三个开头有一个共同点——字很少，但是却极有画面感。我将这类开头总结为描写"此刻状态"。"重生"是此刻状态，"丧尸爆发"是此刻状态，"反转来临"也是此刻状态。

"重生""丧尸"这种常见的写作背景环境，都是大众所熟知的，是由无数个创作者搭建起来的典型世界观，因此，往往可以用最少的语言，让读者一秒入戏。就"反转来临"而言，"反转"这个词本身自带悬念，同样能让人迅速被吸引。

"此刻状态"往往会伴随危机、悬念、新奇、反差等元素，但无一例外，都是通过短短的一两句话，就能让读者立刻进入作者创造的背景环境里，省去了大量啰唆的解释，简单且直接。

八种导语创作技巧和五种开头创作技巧，基本可以应对日常的创作了。准备好开头，继续往前走吧。

第七章

截断：付费的临门一脚

第一节

截断是什么

截断是让读者付费满足自己多巴胺的按钮。

截断是付费短篇中最容易被忽视、最容易被误解的关键点。我遇到的大部分作者，包括初期的我，对截断的理解，要么太浅薄，要么完全错误。可以说，"截断"就是付费短篇区别于其他所有文字变现形式的最外露特征。截断之于付费短篇，就像售票处之于景区。截断的设置，直接决定了一篇文章的变现能力。

为了让大家更好理解"截断"到底是什么，我将从：位置、功能、创作节奏三个角度具体分析。

一、位置：在 1/3 处截断

截断，一定在文章的 1/3 处。很多读者可能会问，为什么是这个位置？

其实最开始，最直接的原因就是，作者跟平台签的合同里规定，免费部分不能超过全文的 1/3。

当然，请注意"最开始"。付费短篇发展到现在，情况已经不一样了。通过成千上万创作者的努力和耕耘，截断放在 1/3 处有了其现实意义。

首先，将截断放在 1/3 处，有足够的发挥空间把故事最有吸引力的部分展现给读者。

其次，这个篇幅提供的信息量，不足以让读者完全猜出整个故事的走向。

最后，1/3 的内容用来筛选目标读者刚刚好。不感兴趣的读者还没读到 1/3 处已经走了，而读到这里的读者通常就是有购买意愿的。

以上讨论的位置是截断在整篇文章中的位置，但还要注意，尽量不要把截断放在章节的结尾处。

关于截断具体的操作和设计，我们会在后面的章节继续展开讨论，这里就先不细说了。

二、功能：吸引付费

你只要稍微了解过付费短篇，就会知道截断点就是付费点。

在截断处，我们必须通过悬念，让读者完成付费。如果把付费短篇创作比作一场球赛，截断就是射门，在此之前的内容是突围、抢断、传球，截断就是射门，成败在此一举。

截断虽然在文章的 1/3 处，但从功能角度来看，在变现链路上，截断就是终点。如果读者未能在截断处付费，那这篇文章将无法完成变现。

截断这个位置最重要的功能就是"吸引付费"。所以，我们得拿出所有的热情、真心、才华和能展示的东西，让读者此时此刻就买单。

从没见过运动场上有哪一个运动员，在经历了冲刺、突围，面对球门时，忽然问对方守门员一句："我想射个门，能劳驾您挪挪吗？"

牢记，截断这几句话，只以"吸引读者付费"为宗旨。

三、创作节奏：从吸引到满足

截断前后创作的目的，可以用一句话概括：截断前主要吸引读者，截断后主要满足读者。

还记得咱们在讲大纲的时候，我为大家准备的付费短篇万能模板（见图 7-1）吗？

图 7-1　付费短篇万能模板

这个万能模板的核心分界线，就是截断。

截断之前，是免费试读的内容。这时候的创作重心是快节奏、多元素、爆猛料、挑起兴趣。对于截断前的内容，允许存在讲述不清、信息不全、"挖坑不填"等问题存在。你只需要让文章保持足够的吸引力，让读者跟着你的文字读下去，然后到达截断点，完成付费。

截断后的创作思路就完全不一样了。你可以继续保持快节奏，也可以继续保持强吸引力。但是，这已经不是最重要的了。最重要的是把前面没讲清楚的事情，在截断后讲清楚；把截断前遗漏的信息，在截断后补全；把截断前"挖的坑"，在截断后全部填完。

你可以把截断前的内容理解为广告、宣传，截断后的内容理解为接待、售后。首批产品畅销，主要靠截断前塑造的强大吸引力，而要实现长期变现和获得好评，主要靠读者对截断后的高满意度。

这么一说，是不是就更容易理解了？

相信通过以上阐述，大家对截断应该有了一个更清晰的认知。那么如何写出一个能吸引读者付费的截断呢？我来介绍五种优秀的截断。

第二节

优秀截断的五种形态

设计截断，只需要套用一个公式：情节悬念 + 技术悬念。

制造情节悬念，靠的是故事本身；制造技术悬念，靠的是作者的经验。这两者结合，催生出五种典型的截断形态：转折、情绪、打断、揭秘、抉择。

一、转折

转折，就是我们常说的反转，这一般体现在情节悬念上。

以《中国女性征服 NBA，即将进入名人堂》为例，这篇文章的截断内容是这样的：

牛荣把自己的表演磁带和自己的名片，寄给了各个表演场馆。几个月，杳无音信。

直到 1993 年的感恩节前夜，她接到了一个陌生的电话。

对方不是马戏团和剧院的人，而是洛杉矶快船队的球探。

　　牛荣是 NBA 最负盛名的中场秀演员，无数顶级球星都是她的粉丝。海外球迷请愿让她加入名人堂。就连大名鼎鼎的游戏《NBA 2k》都把她做进了游戏。

　　在结构上，我们先写了牛荣幼年时的刻苦训练，然后决定在美国弘扬中国杂技文化。此时的牛荣在美国陷入困境，没有演出机会。苦苦等来的电话，不是剧院不是马戏团，而是 NBA 球队。这里就是利用了情节与结构的反转。

　　此处的情节悬念为：牛荣柳暗花明，在美国看到一丝活下去的希望。更深层次的转折是：一个杂技演员，居然要进 NBA 了？

　　此处的技术悬念为：强调"对方不是马戏团"，渲染两种可能性，电话是不是打错了？苦苦等来的不是希望，而是一个误会？如果电话没有打错，球队为什么要找她？用现实发展的不合理性和结果的不确定性，吸引读者付费阅读。

二、情绪

　　将呈现到一半的情绪突然中断，也是一种截断方式。

　　以白瓷的作品《母慈子孝》为例，它是这样截断的：

李半仙眼睛瞪得老大："你知道那两个孩子怎么样了吗？一个肺

炎呛死了，连带着他们一家人都死了！就是他们要买你的命，要让你永世不得超生！"

这是一篇讽刺"放生乱象"的小说。一个老太太迷恋放生，放生清道夫，放生水葫芦，放生矿泉水。有一次魔怔了，她把两个孩子绑起来，扔进了水里，导致孩子得了肺炎去世，孩子的家人也因此遭受打击，相继去世。之后，老太太开始出现各种意外，得各种怪病，只好找到李半仙寻求解决办法。

作者选择的截断位置，是文章愤怒情绪最浓的地方。

此处的情节悬念为：真的有买命这一说？

此处的技术悬念为：借李半仙的口，让情绪走向高潮。

再以作品《1 岁女童被虐待，养父母却靠上节目名利双收》为例，截断如下：

可随着加入讨论的人越来越多，更多线索被发现了。放心不下的粉丝们，在节目组的社交平台疯狂留言，要求查清这件事。眼看着舆论要朝着对自己不利的方向发展，养母慌张地指着电脑上的留言，忧心忡忡地问老公："我们……要不要解释一下？"

而老公，却无比淡定："慌什么！只要保证这孩子有一口气就行了。"

这篇文章讲述的是一对韩国夫妻收养了一个弃婴，利用孩子在互联网上作秀，立"天使父母"人设。实际上，这对夫妻仅仅是把弃婴当成捞钱的工具，经常虐待她。

截断部分就是两夫妻的"天使父母"人设马上要崩塌了。而在这时候，用养父的一句"慌什么！只要保证这孩子有一口气就行了。"做截断，把养父母的冷血直观地展现在读者面前。读者的愤怒情绪也在此刻达到顶峰。

此处的情节悬念为：养父母会不会露馅儿？

此处的技术悬念为：先铺垫危机，再制造恐慌，最后用对话引发情绪。

付费短篇是以情绪为主导的作品，情绪上来了，文章的最终表现必然不会太差。

三、打断

打断，一般指的是行为或者对话被突然打断，没有了下文。

举个例子，《卧底记者求拐，冒死潜入黑砖窑》的截断是这样的：

如果摄影机被发现，自己的身份曝光，那自己随时都有生命危险！

怎么办？

此时，崔松旺的心已经提到了嗓子眼儿。

这篇文章写的是英雄记者崔松旺的故事。为了揭露黑煤窑，他假装流浪汉，带着摄像机只身犯险，最终凭借一己之力捣毁黑煤窑，解救 30 名劳工。

截断点是崔松旺的行动即将暴露，这本该是一个丝滑的转场，下一秒就能真相大白，但故事在这里被打断了。

此处的情节悬念为：卧底行动会不会暴露？如果暴露了，黑煤窑的人会怎么做？

此处的技术悬念为：渲染紧张氛围，以一句主角的状态描写增强读者的代入感。

再看叶小白的作品《杀人回忆：不存在的凶手》的截断：

我咬了咬牙。

理智告诉我，不要被他引诱，不要跟着他的节奏走。

我面对过大人的质问，面对过警察。可是，从没有人像他这样，给我这么强的压迫感。

"你说的，全都是猜测。"

"想听证据？"

"你和你男友的感情，你一笔带过，好像什么都说了。"陆羽说，"但是，你隐瞒了……"

在这里，陆羽说的这番话，即将揭晓一个巨大的悬念。然而，他的话，直接被强行中断，同时，前面铺垫的悬念也被瞬间打断。此时此刻的读者，处于一种"不看后续就百爪挠心"的状态。

此处的情节悬念为：接下来会发生什么？证据是什么？

此处的技术悬念为：中断的对话卡在了一个呼之欲出的节点上，会引发读者强烈的好奇心和探究欲。

四、揭秘

如果有人有个秘密要告诉你，但是说到一半又不说了。面对这种情况，你会是什么心情呢？着急的心情就是截断的契机。

举个例子，《中国大妈网络对骂 16 年，加拿大法院约架》的截断是这样的：

> 不甘心的常败将军沈大妈又打电话去问了一遍。
> 这回，居然真让她发现了一个卢大妈的惊天大秘密。

这个故事写的是，两位中国大妈从论坛对骂发展到线下跟踪、造谣，战火从中国蔓延到大洋彼岸的加拿大。这场对骂持续了 16 年。直到一位大妈在加拿大法院捅了对方几十刀，这场"战争"才宣告结束。截断部分是屡战屡败的沈大妈，终于发现了卢大妈的一个秘密，可以一击制胜。下一秒，秘密就要公布了。

此处的情节悬念为：屡战屡败的沈大妈能否扳回一局？

此处的技术悬念为：扳回一局，靠的是什么秘密？付费即可阅读。

再以雪梨的《全网最像人的狗》为例，它的截断在如下：

"它的毛就像是钉在毛孔里了，一点不掉，我一直以为是体质问题。"

白季的手抵在下巴上，似乎在思考什么。

"白季？"

他突然回过神，脸色又青又绿，像吃了苦瓜。

"等我确定了再告诉你。"

我撇撇嘴，知道我这脑子也想不出来，就不想了。

"许妍，你有没有发现一件奇怪的事？"

"啊？"

这算是知乎一篇现象级爆款文章，文章的内容就是自家的狗在直播中火了，但是因为其行为太像人，以至于主人怀疑，这是一个人披着狗皮。

在这个截断部分，答案呼之欲出，但作者没有明确给出。

情节悬念：这只狗到底是不是人？

技术悬念：这里有一个隐性的"秘密"，这件"奇怪的事"到底是什么呼之欲出，但对话者欲言又止，吊足了读者的胃口。

五、抉择

我们经常会使用一种方法，就是给主角两个选项，这个时候，主角的选择就成了最大的悬念。

以《养成系绑架》这篇文章的截断为例：

从千叶大学毕业之后，小凤在东京找到了一份工作。

既然要离开千叶县了，那杏花怎么办？

放了？

这个故事讲的是一个大三学生绑架了一个小女孩。他没有伤害女孩，也没有向小女孩的亲人要赎金，只是每天好吃好喝地养着她，甚至还专门给她买了台电脑。女孩就这样被当作小动物圈养了整整两年！

截断部分是劫匪即将换住处，那被绑架的"杏花"该怎么安排？继续带走？还是放了？这个关键选择将影响整个故事的走向。

情节悬念：劫匪即将搬家，后续会如何发展？

技术悬念：劫匪面临两个选择，放还是不放？并且下一秒即将给出答案。

这一节，我们虽然探讨了五种不同的截断形态，但归根结底，还是要回到一开始提到的那个公式，即"情节悬念＋技术悬念"。大家在实操的过程中，可以根据实际情况，灵活采用不同形态的截断方式，以达到最佳效果。

第三节

截断进阶技巧

接下来，我为大家再介绍几个进阶技巧。

一、确定截断的三个步骤

截断作为付费短篇变现最关键的一环，不是一步到位的。因此，在确定截断的时候，往往需要多个步骤。

第一步：在写大纲时确定好截断情节。对写到哪个情节的时候要考虑截断问题，先做到心里有数。

第二步：写初稿阶段时精确到句子。在写初稿阶段把确定好的截断句子标黄，实现精准定位。

第三步：定稿时把标黄的句子删掉。套用"情节悬念 + 技术悬念"的公式，根据优秀截断的五种形态，进行定制化创作。

通过以上三个步骤完成的截断基本可以保证不拖文章的后腿。

二、多看爆款文章的截断

　　看到这一点的时候，我相信你一定会吐槽：这不就是句正确的废话吗？谁不知道要多看？

　　如果只是这样想，那你就太年轻了。如果你没有看到这本书，没有认真看这个小节，很有可能就永远与截断错过了。原因很简单，系统帮你自动跳过截断了。因为在你决定写付费短篇的那一刻，你做的第一件事就是购买平台会员，以便拆解爆款文章，对标优秀案例。

　　这个时候，重点来了：在你开会员的那一刻，平台上所有文章的截断处都消失了。你看任何文章，都不知道截断处在哪。你对爆款文章进行了一场酣畅淋漓的分析，结果与变现关联最强的截断部分，你却看不到！

　　因为平台的文章是面向读者的，为了保证读者有良好的阅读体验，平台不可能在读者已经付费成为会员的情况下，还强行标出截断处。而我们作为创作者，在拆解和分析的时候，因为没了感知，常常会忽略它。

　　所以，你一定要学会：开完会员后，怎么看"爆款"文章的截断？用电脑浏览知乎，并安装两个不同的浏览器，分别登两个不同的知乎账号，一个账号开会员，一个账号不开会员。

　　看爆款付费短篇时，只用没开会员的那个账号看。这一点很关键，因为平台更喜欢给没开会员的账号推送付费率高的文章。这样，你就可以利用算法获取更多优质学习对象。

另外，用没开会员的账号来看文章，还可以人工筛选出优质截断。让你忍不住把链接复制到会员账号的文章，就是值得你学习的文章，它的截断就是值得你分析的截断。

我把这个方法称为"无限付费测试法"。对用户来说，付费一次，畅读一年，这是最好的体验。但对创作者来说，需要的是无数次的刻意训练分析，这个位置是否值得付费。

所以，使用两个浏览器，登录两个账号，一个开会员，一个不开会员，这比一切筛选方法都更精确。

三、可设计两处截断

很多新人作者对待截断要么太过随意，在文章的1/3处找个地方就标了；要么太过纠结，迟迟无法决定在哪里截断。被冰冷的数据"捶打"几次后，多数新人作者都会倒向后者。所以，我给这类作者提供一个解决方法：每篇稿子可以标两处截断，最后再决定在哪里截断。

其实这个方法也适合所有作者。你标记两处截断后，可以让跟你对接的编辑决定，用哪个截断。采用这种做法还有一种好处，在你无法做抉择的时候，让一个拥有充足行业经验的编辑帮你做决定，准确率会更高。

四、截断优先于结构

有一次，工作室的一位作者把截断点定在了接近文章 1/2 的位置。我立刻问他："我们不是多次强调，截断必须在文章的 1/3 处吗？"作者理直气壮："我觉得这个情节和这个位置是最适合截断的。"

读完全文，我发现这个情节确实是最适合截断的，但这个位置却不是最适合截断的。之所以会发生这样的问题，最根本的原因在于这位作者对截断的理解发生了偏差。他觉得，结构优先于截断。但研究了付费短篇这么久，我可以很肯定地告诉写付费短篇的每一个作者：截断的优先级一定要远远高于结构。

就拿这位作者的这篇文章来说，我最后是这么处理的：我让作者把截断前的很多背景信息、主角前史全部放到截断后，然后使截断前的节奏加快。最终，截断情节不变，但是截断位置已经调整到了全文的 1/3 之前。

简而言之，就是保留作者认为合适的截断情节，通过调整结构，让这个截断不再处于全文 1/2 这种过于靠后的位置，而出现在了全文 1/3 之前这种合适的位置。

所以，在写作过程中，当你发现截断太靠前或者太靠后时，应该调整文章结构，把最适合做截断的情节安排在最合适的位置。

第八章

结尾：决定作品生命的长度

第一节

重新认识结尾

在论述结尾有多么重要之前，我先给大家分享个故事。

野草文化刚成立时，跟我一起写付费短篇的作者几乎都是新手。我每次给大家改稿子，有一半的时间都花在改结尾上。有一次，我实在忍无可忍，问一位作者：你的结尾是花了多长时间写的？

他秒回："一分钟啊，写到最后一句，不就自然结尾了？"

我这才反应过来，大部分作者对结尾的理解是有问题的。作者们费尽心思找选题、想标题、列大纲、写正文，最后大笔一挥，借着写正文的余力顺手就把结尾写完了。这等于厨师认真备菜、切菜、炒菜，却在出锅时连锅带菜直接丢到顾客面前。虽不至于前功尽弃，但非常影响顾客体验。

因此，我认为很有必要让大家重新认识一下结尾。

一、"峰终定律"

前面提到过一篇文章，标题叫《中国大妈网络对骂16年，加拿大法院约架》。这是我们工作室写的一篇爆款文章。

当时评论区的内容基本集中在两个方向：一个是两个人的奇葩行为，另一个就是结尾。在结尾处，我们引用了法官的一句话："她们都声称对方的行为对自己造成了严重伤害，然而她们都没有意识到，在许多方面她们不过是彼此的镜像。"这篇文章的评论区表现，完美符合了"峰终定律"。

"峰终定律"是诺贝尔经济学奖获得者、心理学家丹尼尔·卡尼曼提出的。它的核心内容是，如果在一段体验的高峰和结尾，人们的体验是愉悦的，那么对整个体验的感受就是愉悦的。

把这个理论应用到创作领域，即读者看完一篇文章后，记忆最深刻的就是两个点：高潮情节和结尾。而这篇文章的评论区讨论最多的，也正是这两个点。

对一篇文章而言，结尾是距离读者体验最近的内容，所以"峰"和"终"之间，甚至"终"更值得我们多花心思。

二、结尾的功能

对付费短篇而言，结尾的功能可以从作品和产品两个角度来考虑。

从作品角度来说，结尾的功能是归纳主题，安放情绪，给读者良好的阅读体验。

从产品角度来说，结尾的功能是增加互动，获取长尾流量，持续售卖。

我们一直强调，付费短篇的本质就是个产品。我们在设计这个产品的时候，就只有一个核心目的——实现畅销。所以，我们不能只有作品思维，而没有产品思维。而形成产品思维的关键是打破两个误区：第一，结尾不等于结束；第二，结尾不等于最后一句话。

1. 结尾不等于结束

对很多创作者来说，结尾写完就意味着这篇稿子已经完成了，接下来就跟自己没关系了。但现在是互联网时代，作品的最后一步，永远不是由作者完成的，而是由读者完成的。

结尾更像是接力环节，作者把作品的掌控权从自己手里交到读者手里。读者还拥有对这个作品的持续创作权——点赞、评论、转发，都会持续对作品产生影响。

2. 结尾不等于最后一句话

在付费短篇创作中，结尾要同时具备作品功能和产品功能，这就决定了结尾是可以灵活变动的。你不需要用一句话实现所有的功能，这多少有点强人所难。在付费短篇中，结尾可以是一段话，也可以是一个小节。保证作品的完整性，同时满足产品的结尾需求，才是最重要的。

相信通过这一节，大家对于结尾在付费短篇中的重要性以及其功能都有了清晰的认知。那么接下来，我们就详细聊聊，写结尾有哪些技巧。

第二节

写结尾的技巧

　　创作本身并没有固定的技巧。但对于初学者来说，总有几项操作起来方便，使用起来顺手的技巧。

　　在这里，我给大家准备了八种结尾的写作技巧，在创作初期，大家可以先用着。熟练之后，就不必拘泥于单个技巧，一定要融会贯通，自由发挥。

一、用金句

　　用金句做结尾是个简便且万能的方法。

　　大家天生喜欢简短、干练、富有哲思的句子。我们从小背诵名人名言，长大了张口就是网络流行语，这些在本质上都是"金句"。它们往往能用简短的句子表达丰富的信息。

　　用一个我们的文章举例：《父母被害 10 天后，他拿下了 LOL 冠军》。这个故事的主角是个天才少年，喜欢电竞，其父母控制欲极强。男主有个哥哥，非常听话，按照父母的规划，考入名校，并且拥有一份得体的工作。而男主则希望追求自己的梦想。哥哥为了家庭和睦，不断在家庭中充当调解员，最后不堪重负，精神崩溃，弑父杀母。而男主则在另一个国度拿下电竞冠军。

这个故事一开始的结尾很常规：

其实，追求自己想要的生活，并不会毁了一个人。
被迫选择某条道路，才是最可怕的。

最后我将其改成了这样：

太多父母，自己过着并不如意的人生，却妄想当孩子人生的编剧。
如果所有孩子都听话，那人类现在应该还住在树上。

这两版结尾，相信大家一眼就能看出来哪个更好。

第一版也不能说差，但是太普通，太常规，让人读完后没有想接着说两句的冲动。

第二版用了"如果所有孩子都听话，那人类现在应该还住在树上。"这样一句高度浓缩的话，既点明了文章主旨，又能引起读者的共鸣，让读者产生表达欲。对很多读者来说，这句话说出了他的心声，他会把这句话在评论区写一遍，并附上自己的见解。在这篇文章下，也有不少评论简单而直接：喜欢最后一句话。

这就是用金句做结尾的力量。

二、首尾呼应

首尾呼应是作文课上老师讲的结尾技巧。多年以后，我自己成了"职业码字工"，发现这是一种耐人寻味、经久不衰的技巧。

这次我们不用付费短篇的案例了，用中国贺岁片的开山之作、冯小刚导演的《甲方乙方》的举例。

电影讲的是在 1997 年的夏天，4 个影视行业的年轻人突发奇想，利用自己的特长创办了一家公司，做"好梦一日游"的项目，承诺让人们体验梦想成真的感觉。于是，富贵的人想尝试贫穷，明星想体验平凡，平民想做巴顿将军，守不住秘密的厨子想成为守口如瓶的铮铮铁汉……

《甲方乙方》采用的就是首尾呼应的叙事方式，让结尾与开头对应，让故事工整圆满。

电影的开头是姚远（葛优）的画外音："1997 年的夏天，我和在家闲置的副导演周北雁、道具员梁子、编剧钱康合伙填补了一项服务业的空白，名曰'好梦一日游'。"

电影的结尾是：最后一单服务结束，姚远的画外音响起："那天我们都喝醉了，也都哭了，互相说了许多肝胆相照的话，真是难忘的一天。几天后我和北雁正式举行了婚礼。她的父母单独跟我谈了一次话，问我是否隐瞒了年龄。我告诉他们，我从一出生，就比一般的孩子老。1997年过去了，我很怀念它。"

在电影中，团队已经为很多人提供了服务，尽管一算账，并没有盈利，但大家还是很开心，并把今年的商业活动定义为公益活动。

单独看这个结尾，其中的真诚、奉献精神、冷幽默就已经足够优秀，足够打动人心。而搭配上开头，首尾呼应增加的是一种宿命感、成长感，让人感觉充实饱满，产生无限感慨。

三、互动

互动式结尾一般伴随着提问，主要有两种提问方式：一种是自问自答，一种是只问不答。当然，还有一种不提问的方式，我称之为"强行互动"。

我们针对这三种类型，分别举例说明。

1. 自问自答

自问自答就是字面意思，提出问题，作者自己解答。比如余华的作品《第七天》的结尾：

我对他说，走过去吧，那里的树叶会向你招手，石头会向你微笑，河水会向你问候。那里没有贫贱也没有富贵，没有悲伤也没有疼痛，没有仇也没有恨……那里人人死而平等。

他问："那是什么地方？"

我说："死无葬身之地。"

这个结尾的设置，非常巧妙。"死无葬身之地"从一句诅咒变成一个地名，而且是代表美好的地方，具有强烈的反差感。

2. 只问不答

只问不答，即只提出问题，作者不回答，把回答的机会交给读者。

比如我们的一篇文章《盗试卷的 19 岁少年与史上最难高考》，讲的是一名 19 岁少年偷高考试卷的案子。由于涉及高考，这是很多人的回忆，并且案件发生的 2003 年高考，一直被认为是"史上最难高考"。

所以，我们的作者干脆设计了这样一个结尾：

大家之所以会一直就这个传言争论不休，究其原因，还是因为，这套试卷，真的太难了。

尤其是理科数学。

具体的试卷内容，大家可以在网上自行搜索。

我把最后一题贴出来给大家看看。

22.（本小题满分 12 分，附加题 4 分）

（1）设 $\{a_n\}$ 是集合 $\{2^t+2^s|0 \le s < t,$ 且 $s, t \in Z\}$ 中所有的数从小到大排列成的数列，

即 $a_1=3$，$a_2=5$，$a_3=6$，$a_4=9$，$a_5=10$，$a_6=12$.

将数列 $\{a^n\}$ 各项按照上小下大、左小右大的原则写成如下的三角形数表：

$$3$$

$$5 \qquad 6$$

$$9 \qquad 10 \qquad 12$$

$$— \qquad — \qquad — \qquad —$$

$$— \qquad — \qquad — \qquad — \qquad —$$

（ⅰ）写出这个三角形数表的第四行、第五行各数；（ⅱ）求 a^{100}.

（Ⅱ）（本小题为附加题，如果解答正确，加 4 分，但全卷总分不超过 150 分）

设 $\{b_n\}$ 是集合 $\{2^r+2^t+2^s|0 \leqslant r<s<t$，且 r，s，t $\in$ Z$\}$ 中所有的数都是从小到大排列成的数列，已知 $b_k=1160$，求 k.

你们觉得，这题目，难吗？

这道题一贴出来，激起了无数读者的胜负欲，他们直接在评论区在线答题。

3. 强行互动

大家平时在看公众号或者短视频的时候，应该都看到过这种结尾：

"你觉得呢？"

"你怎么看？"

"欢迎在评论区留下你的看法。"

"欢迎在下方留言讨论。"

虽然这些里面有些结尾是提问式的，但我认为，这种提问只是为了提醒读者留言而强行增加的内容，我称之为"强行互动"。这种类型的互动比较尴尬，不到万不得已，不要使用。

四、总结

总结式结尾，顾名思义，就是以对文章主题和内容进行的总结作为文章的收尾。

比如《离谱案中案》这篇文章讲的是富豪妻子打了别人一个巴掌引发的蝴蝶效应，最终竟然导致丈夫被杀害的故事，其结尾是这样的：

纵观整个案件，可以说，这纯粹就是由一场普通矛盾引发的惨剧。

一个巴掌，带走了一条人命。

但打出这个巴掌的周红，却全程不在线。

不知道九泉之下的陈兵，做何感想。

再比如我们工作室写的另一篇文章《硕士丈夫杀害博士妻子，

女儿成被告》，讲的是一个硕士丈夫杀害了博士妻子，结果亲属为了争夺家产，将他们年幼的女儿告上法庭的故事，其结尾是这样的：

> 系统性的灾难，爆发在这个被工作、妻子、父母压迫的男人身上。
>
> 最后，蔓延到两个家庭。
>
> 直到现在，不少年轻的家庭，依旧被这样的烈火炙烤。

采用这样的技巧有个好处，就是直接对事件／案件进行总结，然后表达一下整个故事的主情，简单直接。在创作的早期，这是我们常用的结尾技巧。

采用这种技巧也有个弊端，即一不小心就会变成说教，而大多数读者是很反感说教的。因此，这种技巧可以用，但一定要慎用。

五、留白

留白，就是给读者留足想象空间。

典型的例子是诺兰导演的悬疑片《盗梦空间》。该电影讲的是造梦的故事，里面有一个非常重要的道具——陀螺，用来区分梦境和现实。陀螺停不下来就说明是在梦境中。

电影结尾就是一个旋转的陀螺。陀螺会不会停下来？导演没有给出答案，但观众会有自己的答案。

　　再比如韩寒导演的《飞驰人生》，电影最后呈现的是张驰在巴音布鲁克冲出赛道，飞向悬崖，下面是一片大海。张驰是生是死，大家讨论了五年。五年后，我们都知道了答案，因为《飞驰人生2》来了。张驰没有死，带着团队继续挑战巴音布鲁克。

　　同样的方式，我们也经常会用在文章创作中。

　　留白，留的不仅是情节，还有情绪。掌握好这种方法，往往能创造出神来之笔。

六、排比

　　排比也是常用的结尾技巧，排比用得好，对情节的总结和情绪的递进大有裨益。比如《梦醒时分》的结尾：

> 我忽然明白了飞哥那个剧本的结局。
>
> 为情所困的人理解了爱情；流浪的编剧完成了剧本；碌碌无为的大学生开始写作；一切都很好，但伤心总是难免的。

　　又比如，我们的另一篇名为《三骗子玩弄两大厂，"鹅厂"含泪怒"炫"老干妈》的非虚构类文章的结尾：

> 可现实的商战就是这么离谱，没有未雨绸缪，没有十年一剑，没有杀伐果断，有的只是这些：

用开水，浇死竞争对手的发财树；

偷偷把竞争对手公司供奉的关公换成冰墩墩；

买通对家保洁，每 2 小时拔一次网线。

再狗血的编剧，也写不过真实世界的荒诞。

排比句，层层递进，渲染力很强，放在结尾，能把情绪推向顶峰。

七、反转

美国作家欧·亨利就因"情理之中，意料之外"的反转结尾的独特风格而被公认为世界三大短篇小说家之一。

反转式结尾多用在悬疑小说和悬疑电影中，在这类小说 / 电影前面，创作者花费了几乎 95% 以上的篇幅去构建了一个看似完整的故事，读者甚至都已经相信了这个设定。但是在结尾的时候，会突然出现一个巨大的反转。这种结尾如果处理得好，往往会成为神来之笔。

比如印度经典电影《调音师》的结尾。整个电影围绕着主角的眼睛到底能不能看见，进行了好几次反转。可在电影结尾，主演却用拐杖精准地打飞了一个易拉罐。

观众看到结尾时已经习惯了电影的反转、反转再反转，但依然被这"啪"的一声震撼。直到最后，观众都没弄清楚主角到底能不能看见？

另一个典型案例是詹姆斯·曼高德导演的《致命ID》，这部电影讲述的是在一个汽车旅馆里，住着10个人，他们中间有司机、妓女、过气女星、夫妇、警探和他的犯人，还有神秘的旅馆经理。这天风雨大作，通信中断，10人被困在了旅馆里，接着他们一个接一个地死去，并且按照顺序留下牌号。

实际上，这是同一个人的10个人格，这个人杀了人，但是一些人认为杀人的只是他的恶人格，只需要把这个恶人格找出来处死就可以，而不必杀死所有人格，而汽车旅馆里的杀人犯就是这个恶人格，因此将他找出来就可以了。随着剧情的推进，最后这个恶人格被找到并处死，只剩下一个看似人畜无害的女人和小孩。

可到了结尾，导演又来了个神反转：在人格的世界里，女人和小孩回到了一个庄园，这个小孩趁女人不备，直接将她杀死。最后本片最大的反转出现：原来汽车旅馆里的杀人犯，也就是那个恶人格，一直是这个小孩，他杀死了所有人，最后又杀掉了这个女人，成了唯一活下来的人格。刚才以为的大团圆结局瞬间变成了令人寒而栗的黑暗结局。

付费短篇也是同样的原理。

《台版"海上大逃杀"：28人出海，5人生还》，讲的是中国台湾省一艘渔船上发生的惨无人道的事件。出发的时候，这艘船有28个人，最后只有5个人活了下来。

前面所有的内容和证据，都在指向一个叫林山木的船员，故事的主线部分，也一直在说就是他杀害了所有人，并且他威胁剩下4人帮他处理尸体。但这一切，都是基于4个人的证词拼凑出来的"真相"。

当他被处死以后，越来越多的传言开始流出，于是产生了一个新的问题：万一这几个人说谎了呢？此时再看前面的"真相"，发现很多地方是站不住脚的。

所以在结尾处，我们这样写道：

如果始作俑者确实是林山木，这已经是一个足够可怕的案件。

如果不是，那将是一个更加恐怖的故事。

这个反转极大地促进了人们的讨论和思考。

八、新颖

前面讲的都是常规化、有法可依的结尾技巧。可面对当下的互联网环境，唯一不变的，就是每时每刻都在改变。

互联网写作要求文章要便于传播，所以我们可以根据不同的平台特性，构思新颖的结尾方式。

在这里，我以我们写的一篇《被"封"神的"假药贩子"》为例。这篇文章写的是电影《我不是药神》的主角原型陆勇的故事。

这篇文章的结尾，我们借鉴了很多网友在评论区"玩梗"的方式，并结合符号设计，具体如下：

其实，所有人心里都有一个答案：

他不是"药神"。×

他就是"药神"。√

这个结尾简单直观，互动性强。

从传统格式的角度来说，它是不合格的；但是在当下互联网写作的环境中，这样的结尾方式是新颖的。

之所以把这项技巧放在最后，是想告诉大家，互联网时代的写作一定要与时俱进，要把你看到的所有优秀经验融合在自己的创作里。要学习经典，更要抓住当下，当下能留存的，才有可能变成未来的经典。

PART III

从完成走向完美

第九章

定稿：文章的"精装修"

第一节

优化字句：消灭错别字，消灭长句

文章从完成到完美的过程就是对初稿进行精修的过程。而对初稿进行精修，一定是从字句开始的。"字句"是文章的基本组成部分，从根源做好优化，整篇文章才能带给读者好的阅读体验。

"错别字"是最基础的写作问题，但也是很多写作者一生的噩梦。多少次，我们熬夜写出的稿子终于过审上线，却因为一个错别字或者一个句式问题，导致评论区出现类似"连××都能写错，作者的水平可想而知"的言论。

字句就像 Wi-Fi，没问题的时候，大家毫无感知，可一旦有问题，用户就要投诉了。

接下来，我们分别针对字和句给出不同的优化方案。

一、消灭错别字

我在实操过程中，消灭错别字有三个步骤。

1. 依靠软件

WPS[①]有一项功能叫"文档校对"（见图 9-1），一些常见的错别字基本依靠该功能就能识别出来。接着，我们就能对识别出来的错别字进行审核和修正。

图 9-1　WPS 使用界面

WPS 这个"文档校对"功能最值得一提的，就是对"的""地""得"误用的识别极其精准。说出来大家可能不信，如今大部分稿子的错别字中，"的""地""得"混用比例非常高。我们工作室编制了一份"的""地""得"用法详解，搭配"文档校对"功能，基本能把"的""地""得"问题彻底解决。

当然，软件有其局限性，有一些错别字是软件无法识别的，所以我们还是需要人工检查。

2. 自我校对

依靠 WPS 校对后，自己还需要通读一遍文章，修改错别字。这就比较考验耐心和细致程度了。但如果要成为一名优秀的创作者，给自己纠错改错是必须养成的习惯。

这件事情没有任何捷径可言，只能多练。

---

① WPS 是金山软件公司自主研发的一款办公软件品牌。

3. 编辑检查

在做好前两步的前提下，让编辑再帮你检查一遍，也是一个不错的办法。但不是所有人都有条件完成这一步。一些独立写作的作者，可以让语文基础比较好的朋友帮忙，也可以找其他独立写作的朋友，互相给对方改稿。

最重要的是，自己能解决的问题，尽量不要留给他人解决。你每次给平台的稿子错别字少，平台编辑几乎不用动手，你在平台的信誉就会越来越好，对提高过稿率也有很大的帮助。

所以，"错别字"问题，值得我们严肃对待。

二、消灭长句

长句是手机阅读中的"逐客令"。早在公众号时代，"长句"就已经开始被抛弃。原因很简单。

第一，手机屏幕大小有限，字体那么小，一句长句好几行，给读者的压迫感太强，阅读体验太差。

第二，阅读环境变了，以前阅读是件纯粹专注的事情，大家是安排好整块时间，找好固定场所，布置好环境做这件事。现在，大家是吃饭的时候看看，坐地铁的时候看看，排队的时候看看，阅读完全碎片化了。

我们写的就是读者在手机上用碎片时间阅读的文章，因此，必须根据读者需求来创作。

消灭长句的同时，我也建议消灭长段落。你点开数据好的付费短篇，基本上都是一句一分段，因为这样的版式在手机上看起来最轻松。

因为看书的场景和手机阅读的场景有差异，所以本书是尽量按照出版要求来进行创作和分段的。但假如我是在公众号或者知乎发布文章，我的句式和分段肯定会根据平台进行优化。

总之，把基本的元素优化好，让读者读起来更舒服，就是我们做这一步的主要目的。

第二节

优化章节

之前，我们都在探讨付费短篇整体的结构和要点。在精修环节，我们的视角就要从整体转移到局部。就像建一座房子，前期的重点一定是户型、框架、朝向，到了精装修环节，就要针对局部的功能和风格做具体搭配。所以在精修环节，我们一定要注意，要把文章分成不同的章节，逐个优化。

一、为什么要分章节

为了减轻读者的阅读压力，我们通常会把内容分成多个章节。

付费短篇的篇幅普遍在 1 万字左右，长一些的能有 2 万字。这个篇幅在互联网写作中不算短，比起千字左右的公众号、一百多字的微博，这个篇幅已经很长了。如果全篇不分章节，就会给读者造成极大的阅读压力，容易使读者中途跳出。

分章节的另一个好处是方便读者定位记忆，在阅读中断后能继续阅读。

在没有分章节的情况下，大概读者中断后难以记住中断之处。而在有章节的时候，我们给了读者一个停顿的空隙，他可以很直观地记住，这次看到了第几章节，下次回来继续阅读。

分好章节之后，我们就得对章节的标题进行优化了。

二、章节标题优化

付费短篇发展早期，大家都直接用数字做章节标题。这样简单直接，也能减轻读者阅读压力，还方便读者定位。当我开始全职做付费短篇后，就逐渐不这样做了。因为数字只能做个标记，浪费了一个展示信息的位置。

章节标题其实承担了一个重要的功能：承上启下。因此，标题可以用高度概括但不剧透的方式，给读者提供部分信息。例如下一章节是高潮情节是主角与反派硬碰硬，一方惨败。那么标题可以直接给出结局"惜败紫禁之巅"，但是又不写明是谁失败了，这样悬念就产生了。

章节标题的优化，在本质上是正文创作的一部分。因此，在写章节标题的时候，应该将章节标题重视起来，并且遵循上面说的原则，尽量做到简洁明了、有悬念。

我写作的时候，一般在写大纲的阶段，就会确定各章节要写什么，并想好标题。写完全文以后进行通读，并优化标题，这样既高效又轻松。这个方法，大家可以参考一下。

当然，光优化章节标题是远远不够的，我们还得在章节结构上下点功夫。

三、章节结构优化

关于章节结构的优化，请务必记住这 8 个字：爆点开头，悬念结尾。

每一个章节的字数尽量控制在 800 字左右，不要太长，也不要太短。800 字基本可以写完 1 ~ 2 个事件，也恰好是读者刚刚产生阅读疲劳的篇幅。

在控制好字数的情况下，每个章节的开头都需要进行定向优化：把这一章节的爆点用一句话提炼出来，放在每一章节的最前面。接着用一章节的内容去讲完这个爆点，满足读者的预期。最后在章节结尾引出下一章节的悬念。这样，一个章节的结构基本就形成了。

这个结构基本能够实现读者读完不累，而且会下意识地跟着我们的安排直接进入下一章节。爆点—悬念—爆点—悬念……如此循环递进。

做完这一步，我们对于章节的优化就基本完成了。接下来，我们就聊聊能让文章再上一个台阶的法宝：金句。

第三节

点缀金句

在前文很多地方，我都阐述过金句的力量。在精修文章时，金句依然是我们常用的点缀"材料"。

要想熟练掌握金句的使用，最关键的还是积累。

一、积累金句

小学刚学写作文时，老师就要求我们准备一本"摘抄本"，或者叫"采蜜本"，用于积累"好词好句"。时至今日，我仍觉得这是非常简单有效的方式。

在我自己创办公司后，我把这个"摘抄本"的模式升级了，变成了团队共享的"云摘抄本"。我在共享文档里，把金句分为几类：名言、古诗词、台词、流行句式、歇后语。

1. 名言

名言很好理解，就是一些精练、富有哲理的名人名言。

举例：

当你习惯悲观时，它就会像乐观一样令人愉悦。

世上有两种东西不可直视，一是太阳，二是人心。

这种名人名言，一般大家都很熟悉，读起来有亲切感。如果使用得当，契合文章，能起到锦上添花的作用。

2. 古诗词

古诗词是中国人的文化家底，选哪些为我们所用，很有讲究。

首先，我们尽量使用九年义务教育阶段学过的古诗词。因为这是全国人民的共同记忆，覆盖面最广。再不济，也得是高中学过的古诗词。总之，教科书外的尽量少用。

其次，我们写作中能用到的古诗词，99% 都是抒情的。很多情绪直接写出来太直白，用古诗词来表达，读者既能意会，还能"脑补"。

放下过去，可以轻描淡写来一句：轻舟已过万重山。

感叹物是人非，可以用：欲买桂花同载酒，终不似，少年游。

彰显吾辈气度：穷且益坚，不坠青云之志。

打工人陷入困境：关山难越，谁悲失路之人；萍水相逢，尽是他乡之客。

这些古诗词都是大家非常熟悉的，一下就能唤醒读者的记忆。

3. 台词

台词最大的优势是可以把我们的文字转成带语音的画面。

我们经常能在各种评论区看到这样的评论：你写的文字怎么带语音。最本质的原因就是，这些文章对影视剧名场面片段进行了二次创作。

影视剧台词用好了，可以省去很多渲染和描写。比如下面这些例子：

生活就像一盒巧克力，你永远不知道下一颗是什么味道。

——《阿甘正传》

那个人样子好怪，他好像一条狗啊。

——《大话西游》

人生与电影不同，人生……辛苦多了。

——《天堂电影院》

我们一路奋战，不是为了能改变世界，而是为了不让世界改变我们。

——《熔炉》

世界上只有一种病，穷病，这种病你没法治，你也治不过来。

——《我不是药神》

你爬了 10 层楼，可能才达到别人的地下室。

——《寄生虫》

这些台词都来自影视剧，而且这些影视剧一般都是读者很熟悉的，往往自带故事感。用好了，不仅能精准契合你的文章，还能让读者瞬间想起对应的画面，产生共鸣。

对于一篇文章来说，这是一种性价比极高的加成方式。

4. 流行句式

每个时期互联网都会诞生一些流行句式。这些流行句式出现频率高，使用人数多，最后从互联网入侵现实世界。

我们为什么要积累这些句式？因为付费短篇的本质就是跟读者对话，一切有利于拉近与读者的距离的方法，我们都需要了解。

使用流行句式的本质是"你和我拥有共同的语言体系，所以你和我是一类人"。使用流行句式是快速与读者建立信任的方式之一。所以，大家一定要多积累，在写文时酌情使用。

付费短篇往往紧跟热点。大家在创作时，大部分都是以当下为背景，对话中使用流行句式还可以增强代入感，因为这会儿大家就是这么讲话的。

2023 年有几个流行句式，相信大家都听过：

只要我不尴尬，尴尬的就是别人。

这个句式可以延伸为：只要我不 ××，×× 的就是别人。

懂了，但没完全懂。

这个句式也可以延伸为：× 了，但没完全 ×。

这样一写，距离瞬间拉近。这就是流行句式的独特魅力。

5. 歇后语

歇后语是咱们华夏子孙在生活劳动中创造出来的一种独特语言形式。它的特点是简短、幽默、形象、精准、接地气。随着时代的发展，网友们让古老的歇后语焕发新生。

鸭子下水——duck 不毕（大可不必）

海边盖房子——浪到家了

大熊猫点外卖——笋（损）到家了

和尚上房顶——骑（奇）了庙（妙）了

武则天守寡——失去李治（理智）

肚脐眼放屁——你是咋想（响）的

当然，歇后语虽好，也不能贪多。一篇文章里有两三句歇后语就能达到效果，再多读者就会产生审美疲劳了。

最后，也要注意使用环境，一般在比较轻松甚至需要刻意制造幽默效果时才能使用。

二、使用金句

有了属于自己的金句库后，在文章精修阶段就可以通读自己的文章，并针对各种情况，看自己金句库里有没有适用的金句。

一般来说，开头、结尾、对话都是比较适合安插金句的地方。根据经验，我总结出了如下几个原则：开头比较适合使用名言、流行句式；结尾比较适合使用名言、古诗词、歇后语；对话比较适合使用流行句式、古诗词。

大家可以根据这几条原则进行创作，往往会有意想不到的效果。

三、制造金句

在大量使用金句后，大家对金句的格式和节奏也有了自己的理解。除了在合适的位置插入自己积累的金句，精修时我们还要注意，初稿里有没有可以直接改成金句的地方。这是新手经常会忽略的一步。

综上所述，在精修阶段用好金句无非就三个步骤，也是使用金句的三个层次：积累、使用、原创。

第四节

做减法

　　要成为一个合格的付费短篇作者，最关键的一步就是学会做减法。付费短篇能杀出重围，就在于它能用极短的篇幅，给读者足够多的信息量和情节，让读者在最短时间内获得最佳阅读体验。

　　对文章进行精修时，一定不要心慈手软，该删减的地方就要删减。很多作者刚开始写文章时，都带着"手心手背都是肉"的心态，恨不得把自己想到的全部点子、搜集的全部资料，一股脑儿都塞进去。可结果往往适得其反，使文章变得极其啰唆，读者的阅读体验极差。

　　在创作付费短篇时，我们只有一次"出拳"的机会，是一击制胜，还是一败涂地，都在此一举。所以，千万不要舍不得，该删减就删减。

一、重点对第一章做减法

一般来说，第一章是最需要做减法的位置。

许多人的第一章都需要删减。原因很简单，许多作者在写初稿时，特别想在第一章把所有故事背景、人物设定全讲清楚。这就导致第一章的节奏被拖慢了。

这对付费短篇来说是致命的，因为第一章的阅读体验直接影响了文章的完读率和付费率。第一章拖沓，读者必然跳出，好不容易博来的一次曝光机会，就此错失。相信这肯定不是你想看到的结果。

所以，在精修阶段，务必对第一章进行删减。很多背景介绍和人物介绍，都可以放在后面合适的位置。第一章只需要给到当下所需的信息，然后把故事讲好，推动情节发展即可。

二、删除重复信息

故事，要从最精彩的地方开始讲。

所以，我们 90% 的文章并不是按时间线来写的。这就容易导致一个问题，我们在各种插叙和倒叙中，把一些事情写了两遍。

这在初稿写作中是很容易犯的错误。因为写初稿时，我们完全采用创作者视角，思考的重点往往在于怎么把故事写明白，怎么把情节推进。

在精修稿件时，我们必须切换到读者视角，前面已经写过的内容，后面就不要重复，最多用一句话带过。

第五节

四个重要优化节点

好文章是改出来的。

标题、开头、截断、结尾，这四个节点都是需要多次打磨的。

在写初稿阶段，我们就对这四个节点足够重视了。在精修阶段，这四个节点依旧是我们优化的重点。

一、标题优化

相信大家都有过这样的体会：写完稿子后，看自己写稿前拟的标题，怎么看怎么不顺眼。原因很简单，写完稿子后，我们对故事、重点、主旨都有了更深刻的理解。写稿前拟的标题大多都浮于表面，没有深入故事内核。

当然，这并不是说一开始拟的标题一无是处。我们最开始拟的标题往往融合了这个选题最吸睛的元素，也就是"面子"。而写完初稿后，我们看清了这个选题的"里子"。精修标题，就是在保留"面子"的基础上，给标题加上一点"里子"。最终获得一个既有"面子"，又有"里子"的标题。

原标题：

《富商雇杀手，不料杀手找外包》

优化后：

《杀手订单外包 4 次，获"诺贝尔奖"》

这是世界暗杀史上的离谱事件之一，一位富商花 200 万元雇杀手，经过层层转包，真正做事的杀手到手只有 10 万元，最后事情败露。这个案件被选入 2020 年搞笑诺贝尔管理学奖。

原标题已经比较吸睛了，"杀手找外包"本来就属于打破预期。但是在写完全文后，就发现"外包 4 次""诺贝尔奖"这两个要素更是精彩。于是，在优化阶段果断将其用上。

二、开头优化

以导语做开头的情况下，开头必定需要精修。

我们最开始创作的导语，都是我们根据素材提炼的爆点。但初稿写完后，我们会发现：真实的爆点跟我们最开始提炼的爆点，可能会有一点出入。

比如，你在写完初稿后发现一开始没注意到的某个细节比一些大情节还精彩，此时就要果断替换。例如，文章《温州首富造出电车，比马斯克早了几十年》，讲的是当年温州首富叶文贵制造电动汽车的故事。

原开头：

几十年前，温州首富造出电动汽车，多国专家来求合作，最后他却销声匿迹。

优化后：

马斯克靠卖电动汽车成了世界首富。其实，几十年前，中国就有人造出电动车了，多国专家都抢着来合作。造车的这哥们儿，也是地方首富。那时候宗庆后还在种茶，马云刚刚高考。

原版开头，作者只注重概括故事要点，制造矛盾。

写完文章后，作者注意到了两个时间点。一个是写文章的时间点，这时马斯克的特斯拉股票一路长红，他已经坐上了世界首富的宝座。另一个是叶文贵成为温州首富的时间点，那时候宗庆后还在种茶，马云刚刚高考。

　　叶文贵是谁，大部分人都不知道。但是利用两个时间点，作者把他和大名鼎鼎的马斯克、宗庆后、马云联系起来，直接提升了叶文贵的地位并增强了其神秘感。

　　优化后的开头显然能吸引更多读者。

三、截断优化

　　我们开始确定的截断都是一个情节，在精修阶段，我们要把截断精确到一句话。所以截断的位置，需要耐心揣摩。

四、结尾优化

　　在精修阶段，结尾最需要注意的是情绪。

　　此时，可采用读者视角，通读全文，最后选择一个最能让读者满意的情绪型结尾，并做优化。

第六节

信息核验

在精修阶段，有非常重要的点需要注意，那就是信息千万不能出错。

在很多平台，付费短篇一旦投稿上传后，作者是没有编辑权限的。也就是说，一篇稿子上线后，如果有常识性错误，那这个错误作者本人是改不了的。

那么，平台编辑肯定能改吧？可以改。但是，改文是要付出代价的。

第一，每个平台编辑都会对接海量稿子，为你的稿子单独修改一个小问题，优先级非常低。编辑们都会改，但什么时候改就不一定了。而你的稿子上线后，如果出现常识性错误，评论区基本都是嘲讽和差评。这篇稿子就不可能完成冷启动，两天以后再修改，基本就被宣判"死刑"了。

第二，部分平台有一个规则，稿子上传后一旦平台开始推流，编辑对稿子进行修改，稿子就会回到初始流量池。如果碰巧你的稿子数据好，但有个小错误不得不改，那就很糟糕，稿子回到初始流量池，就不一定能脱颖而出了。

所以，这一步一定要严谨。大家在优化完字句后重点关注以下内容，这都是我用血泪换来的经验。

一、数字

我们工作室定下了一条铁律，即看到数字，每个流程都必须进行一次核验。

数字就是常识性错误的高发区，例如汇率计算错误，货币少写一个 0，年龄计算有误差，等等。

二、年代背景

这也是重灾区。

在手机还没发明的年代，主角用手机发短信；在莱特兄弟还没出生的年代，主角坐飞机出差；在二战还没开始的年代，配角是一个二战老兵。

说不定此刻你已经看笑了。千万别笑，这样离谱的错误可能也会出现在你的文章里。所以，一定要核验好年代背景。

三、行业专有名词

我们创作难免要涉及一些陌生行业。在写这些陌生行业时，有两个实用的办法可以降低错误概率。第一，看相关行业纪录片。第二，找一个从事相关行业的朋友做顾问。

我们写过一篇文章涉及赛车元素。虽然所占篇幅不多，但作者功课没做足，连最基本的"拉力赛"和"耐力赛"都搞混了。最后评论区吐槽声一片。就这样，一篇文章就在"群嘲"中结束了生命。

第十章

付费短篇的变现

学成手艺后，还得卖出去。

这一章，我们主要讲讲，我们学成的这门手艺，该怎么卖。

首先，我们肯定要搞清楚，有哪些平台要买。

在互联网行业风起云涌的年代，所有生意可以简单分为 To B 类型的和 To C 类型。这里面的 B 是英文单词 Bussiness 的缩写，翻译过来是"商业"的意思，后来大家普遍用它来代指机构客户。这里面的 C 是英文单词 Consumer 的缩写，翻译过来是"顾客"的意思，后来大家普遍用它来代指个人客户。

那么付费短篇是哪种类型的业务呢？这是一个表面上是 To B，本质上 To C 的业务。

因为我们所有的作品购买方，其实都是知乎、UC、网易这些平台，也就是机构客户，我们日常也是跟这些机构对接。但稿子一旦上线，在本质上决定我们收入的，其实是每一个读者。他们产生付费行为，我们才能获得收益。所以说，付费短篇表面上是服务机构，本质上是服务读者。

从创作者角度来说，付费短篇还是个前期 To B，后期 To C 的业务。前期我们必须写出符合平台需求的作品，让平台和编辑看到我们的实力。建立信任后，我们就可以和平台一起专注于满足读者需求，创作读者喜闻乐见的作品。

所以，我建议在大家刚刚接触付费短篇的时候，先把付费短篇当成 To B 业务去做，跟平台配合好，把平台变成自己的辅助者，然后，再专注于服务读者。

那么，我们可以和哪些平台合作付费短篇呢？

第一节

平台分析

我测试过几乎所有付费短篇平台，其中比较推荐的有三个：知乎盐选、UC 故事会、网易新闻。有的平台要么用户量不够，变现困难，要么创作体验一般。

我个人挑选平台有两个基本要求：第一，收益；第二，尊重。有些平台收益高，但不把作者当人，这种我肯定不推荐。有些平台，编辑很负责，奈何用户量不够，平台的收益天花板还不如其他平台的保底收益，这种肯定也不能给大家推荐。

以上我推荐的三个平台，别的不说，起码都是有专门编辑对接，收益大花板较高的半台。

接下来我把每个平台的大致情况介绍下，大家可以按需选择。

一、知乎盐选

要讲付费短篇变现，就绕不开知乎。作为这个领域绝对的头部，知乎在各方面表现是最均衡的。

1. 收益

付费短篇的头部作者基本都在知乎。虽然知乎暂时还没有那种石破天惊的破圈作者成为 IP，但已经有站内影响力非常大的作者，年入百万的创作者超 100 个，最高年收入在 500 万元以上。

并且，就付费短篇类目而言，知乎的版权运作在各大平台中是最成熟的。出版、影视版权售卖，知乎都有专门的部门负责，并且有不少成功案例。同时，知乎这方面的延伸收入也不容小觑。

2. 用户

根据知乎 2023 年第三季度财报，知乎月活用户达到 1.11 亿人次，其中会员人数 1480 万，主要是 20 ～ 30 岁的年轻人。

知乎用户中，在校大学生、初入职场的年轻人占比非常高，所以知乎的热门话题常与高考、考研、婚恋、时事相关。这也导致知乎上整体的语言风格更加网络化、年轻化。

3. 内容

知乎在会员页面的官方版块有四个：盐故事、盐知识、盐书刊、盐测评。

盐故事包括一切虚构类小说：男频、女频、悬疑、穿越、古风……

盐知识包括一切非虚构故事和行业干货：案件奇闻、人物传记、历史知识、考研干货、自我提升方法……

盐书刊包括出版图书和电子杂志，可以理解为知乎自己的"微信读书"。

盐测评主要包括各种测试：MBTI 测试、九型人格测试、抑郁风险等级测试……

其中，盐书刊和盐测评基本都是知乎官方与专业机构直接对接的内容，不会与个人合作。所以，我们主要分析的就是盐故事和盐知识这两部分。

盐故事

为了方便大家理解，盐故事就不像官方那样分类了，我们直接将其按读者性别分为男频和女频。读者主要为男性的，就是男频；读者主要为女性的，就是女频。

对于现在的知乎而言，女频是绝对的主力市场。无论是作品数量、读者数量、创作者收入，女频都是遥遥领先的。当然，女频市场大，竞争也格外激烈。一个女频问题下，每天都能冒出几十篇作品。

男频虽然不如女频火热，但其受众还是不少的。不同的是，男频读者比较挑剔，消费也比较理性，所以男频很少有在质和量两方面都比较不错的作者。

当然，无论男频还是女频，对于新入局的作者来说，都有很多机会。大家可以从自己擅长的领域先入局，了解清楚后再不断微调。

盐知识

盐知识中的内容本质上也是讲故事的。只不过盐故事偏向纯虚构，盐知识一定要基于现实。对于盐知识，我们只讲两个大类：案件奇闻、历史知识。

我们公司的一个重要阵地就是盐知识里的案件奇闻。这个类目非常大，我对这个类目的理解是，世界上发生过的所有精彩故事都可以写。

历史和案件很多时候会有一定程度的重叠，但知乎的历史博主更侧重于写历史人物和重要历史节点。

盐知识的读者比盐故事的读者略少一些，而且读者年龄大一些。但盐知识的优势是上手难度低、选题空间大。

4. 如何选择适合自己的类目

如果你是新手，没有太多创作经验，想在知乎写付费短篇，建议先从案件奇闻、历史知识入手，先熟悉付费短篇的结构、节奏、文风。

如果你有一些创作经验，只需要先掌握付费短篇的基本结构，再挑选一个跟之前最接近的创作类型，直接上手写就行了。

如果你已经写了很多年，属于行业老手，可以挑出一部分版权在自己手上的作品进行修改，直接进行投稿测试。

对个人创作者而言，每个类目都有机会。前提是创作者要了解自己，根据自己的情况选出最适合自己的类目。

当然，如果你实在不清楚自己适合什么类目，就可以选择每个类目都写写，哪个反馈最好就选哪个类目。

5. 创作者体验

关于创作者体验，平台有没有给创作者足够的尊重，有没有给创作者创作上的帮助，都是我们要考量的点。

知乎盐选能发展到今天，其中的关键因素就是尊重创作者。

首先，知乎的合同条款非常友好。无论新老创作者，获得的分成都是50%，而且都是作品约，不是作者约（极少数头部创作者有作者约）。创作者在保证完成签约作品的前提下，去哪里写都行。

其次，知乎编辑跟创作者之间一直保持平等沟通。很多时候，编辑会站在创作者的立场思考问题，而不是一味打压创作者。编辑也会给创作者提供数据、风向、创作思路等支持，甚至会和创作者一起构思下一个选题。

最后，知乎愿意为优秀创作者预付稿费。我写第一个专栏时，编辑帮我申请了8000元的预付稿费。这么多年过去了，我从没在第二个地方收到过预付稿费。

综上所述，如果你想入局付费短篇，知乎是一个值得考虑的平台。

二、UC 故事会

UC 故事会是 UC 浏览器小说类目下的一个栏目，是 UC 浏览器推出的付费短篇板块。尽管目前没有准确的数据支撑，但根据我个人的行业经验，UC 故事会在付费短篇领域也算是数一数二的平台了，并且上升的势头还很强。

UC 故事会跟知乎盐选在用户画像、内容类型等方面的差异非常大。这对作者来说也是个好事，因为又多了一个选择。

1. 收益

UC 故事会的创作者收益没有公开数据可查。这部分的内容主要是根据我自己的真实收益数据和知情人士提供的信息来创作的。

UC 故事会的收益单月最高能突破 6 位数，站内头部作者的年收益应该能到百万级别。但年收入超 100 万元的作者数量没有知乎那么明确，根据我的预估，应该不超过 100 位。

尽管如此，UC 故事会整体的变现能力依旧可观。

2. 用户

UC 浏览器对外宣传的口径一直是"用户数量 6 亿"，2023 年一家第三方平台公布的数据显示：2023 年 3 月 UC 浏览器月活跃用户数量为 3.2 亿。

当然，无论用哪个数据作为参考，UC 的用户数量都远超知乎。但我个人觉得，UC 故事会的用户数量应该跟知乎盐选的用户数量不相上下，甚至有可能更少。原因有以下两点。

第一，知乎本身就是内容 App，用户来知乎就是为了获取内容的，所以用户比较精准和垂直，所有活跃用户都是知乎盐选的潜在客户。而 UC 浏览器是个工具类 App，很多人使用 UC 浏览器是来搜索、看视频的，冲着 UC 故事会来的人很少。

第二，知乎盐选是根据知乎的整个内容体系来设计的，几乎融入了知乎的每一个角落。而 UC 故事会只是在 UC 浏览器小说板块的一个子分类里。二者的流量转化差异比较大。

所以，我觉得，创作者在这两个平台中做选择时，可以忽略用户数量的因素，两者的差距并不会太大。其关键区别主要在用户画像上。

UC 故事会的主要用户画像是中年男女，他们对内容的要求是贴近现实，最好能体现一些人情世故。

3. 内容

UC 浏览器的官方小说板块直接分为男生、女生、故事。其中故事板块就是"UC 故事会"，故事下还有情感、悬疑、言情、古风等分类。事实上，故事跟"男生、女生"的差异不是内容上的差异，而是付费和免费的差异。

所以，故事里的所有分类，其实还是可以用"男生、女生"来区分，为了统一表述，后面我们还是用"男频和女频"来代指。

如果你想在 UC 故事会发展，我的建议是直接考虑男频小说或者女频小说，至于案件、历史、奇闻，碰都不要碰。

UC 故事会的重点就在于"故事"，而且是极其世俗化、极其接地气的故事。

至于男频、女频的内容风格，大家可以参考 UC 故事会的每月故事必读榜。UC 故事会编辑部每个月会评选 20 篇文章登上榜单。

很多人不知道这个榜单意味着什么，觉得就是这些文章数据好，编辑们展示出来给读者看。其实这个榜单是给创作者看的，是想告诉创作者：我们想要这种文章，以后的稿子都按这些文章风格来写。

所以，这个榜单对作者的意义超过对读者的意义。其他平台的榜单也都是这样，本质上都是编辑团队在对作者喊话：请投这样的稿。

4. 如何选择适合自己的类目

对于新手，建议先按性别选类目，你是男性就先写男频小说，你是女性就先写女频小说。

切记，历史和案件这种真实类的别试。除非你觉得自己天赋异禀，要硬生生劈出一条前人都没走过的"仙路"。我还是那句话：咱们都先做普通假设，别为难自己。

大家可以边写边调整，写完 3 ～ 5 篇稿子后，在男频、女频的细分类目下，找到更精准的定位，继续输出。

30 岁以上的创作者，建议优先考虑 UC 故事会。因为年龄跟这里的读者更契合，而且因为经历足够，写出来的文章细节不会太假，经得起推敲。

5. 创作者体验

先下结论：UC 故事会的创作者体验还可以。

"还可以"是个奇妙的形容，就是既没有好到可以理直气壮地夸奖，但也有可圈可点的地方。

首先，UC浏览器是阿里系公司，背景强大，实力雄厚，资金充裕；编辑专业度非常高，流程也很完善；合同非常严谨，能保障作者和平台双方的权益；软件能力很强，能用后台解决的问题，绝不浪费作者和编辑的对接时间。但同时，作者在这个平台上还是会感觉流程有一些烦琐，略带一丝僵硬。毕竟系统太严密，人能发挥的空间就很少了。当然，很多问题都已经正在优化和解决了。

综上所述，如果你年龄在30岁以上，想入局付费短篇，可以好好研究下UC故事会。

三、网易新闻

1. 收益

网易新闻的付费短篇在App内也叫"故事"，入口不是很好找。

我们在网易新闻创作过，也采访了一些作者朋友，大家的整体感受是网易新闻的收入上限不如知乎和UC故事会。这主要是因为网易新闻入局比较晚，在用户数量方面也不占优势。

网易新闻的头部作者可以月入几万，但应该没有突破10万元。

2. 用户

根据2022年QuestMobile发布的移动互联网全行业报告，网易新闻的月活跃用户数应该在3000万左右。这个用户数量和知乎、

UC 故事会都有一定差距。

网易新闻的用户年龄集中在 25～44 岁，以男性用户为主，受教育程度较高。这样的用户画像也决定了网易新闻付费短篇的内容类型。

3. 内容

网易新闻，看名字就知道是个资讯平台。这样的产品定位和用户画像也决定了网易新闻付费短篇的类型：跟资讯和新闻搭配起来毫无违和感的案件、历史。

如果你想尝试在网易新闻写付费短篇，那我建议你直接抛弃男频、女频小说，去写案件、历史类文章。

我们从用户视角来分析，用户打开新闻资讯平台，看完了今天的新闻，顺手看了几个常见大案或者历史事件，这都属于在获取知识。但当用户打开一个新闻资讯平台，系统忽然推荐了一篇穿越"爽文"，这就有点违和了。

所以，我们要"因地制宜"，在网易新闻这个平台上，推荐大家写案件、历史类文章。

4. 如何选择适合自己的类目

网易新闻这个平台只有案件、历史这两个类目。新手对哪个感兴趣写哪个，老手过去写哪个顺手写哪个。如果觉得实在难以抉择，你就抛硬币，数字面代表案件类目，图案面代表历史类目。没那么复杂，先写起来再说。

5. 创作者体验

对于网易新闻的创作者体验，我可以给个好评。

首先，网易新闻的投稿后台是我用过的所有后台中，个人感觉最清晰、最简洁、最好用的。

其次，网易新闻的合同流程相对简单，签完合同后续只管创作。

最后，网易编辑对创作者流程上的优化，以及创作上的指导是比较周到的。

总体来说，除收入上限还在爬升，且类目局限性有点强之外，网易新闻这个平台还是比较适合想入局的创作者们尝试的。

目前，网易新闻还是比较缺付费短篇的，而且这个平台暂时还没有"内卷"起来，对新手比较友好。

四、总结

最后，我对知乎、UC 故事会、网易新闻三个平台做个总结。

我推荐的这些平台，肯定都是正规、靠谱、能给作者带来收益和成长的平台。由于平台定位、用户群体不同，导致这三个平台对内容的需求也不同。这三个平台在本质上没有优劣之分，只有哪个更合适。

这三个平台，知乎是问答平台，UC 浏览器是搜索引擎，网易新闻是资讯平台，恰好体现了付费短篇的兼容性。不同的平台与付费短篇有不同的结合办法。

　　当然，我推荐这三个平台还有一个很重要的原因就是，这三个平台的结算流程都比较简单，而且在结稿费方面不拖沓。

　　希望朋友们按需选择，找到最适合自己的平台，开启自己的创作之路。

第二节

投稿方式

　　付费短篇的投稿方式主要分为三种：官方投稿、机构买断、签约工作室。

　　接下来我们详细解析。

一、官方投稿

　　在有资格选择的情况下，我最推荐官方投稿。因为这是分成比例最高，收益天花板最高，最自由的投稿渠道。当然，这个渠道对作者的要求非常高，而且过稿率比较低。

　　官方投稿这一渠道一般都很好找，我前面推荐的三个平台都有自己的创作者中心，在里面可以直接找到投稿渠道。

　　这种渠道最适合已经写出过爆款，并有一定影响力的圈内知名作者。这时候看书的你可能会问了，我怎么知道自己属不属于"圈内知名作者"？标准很简单。第一，是否写过 5 篇变现 5 位数以上的付费短篇；第二，是否有平台编辑找你约稿。

第一条标准主要是看你的创作能力以及可持续性。第二条标准主要是看你的内容是否符合当下各平台的需求。这几年，大大小小数十个平台在尝试跟进付费短篇。各个平台的编辑如饥似渴地在各大平台挖掘创作者，如果在这种情况下你都没有收到过平台编辑的约稿私信，那说明你不是"圈内知名作者"。

当然，在不符合"圈内知名作者"这个身份的情况下，仍有一类人可以选择官方投稿渠道，那就是暂时不缺钱、毅力极强的作者。如果你能接受屡败屡战，且有"不破平台终不还"的决心，那我也鼓励你选择官方投稿这个渠道。

这是一条最难的路，一旦突破也是一条最高效的路。

二、机构买断

三种投稿方式里，我最不推荐的就是"机构买断"。原因很简单，因为"机构买断"完全阉割了付费短篇"睡后收入"的特性，把一个类似房产的可持续收租的资产，降级成了一手交钱、一手交货的普通消费品。

那为什么我还是要介绍这种方式呢？因为这种方式也有它的优势。付费短篇爆火后，各类机构迅速崛起，他们不生产稿件，只做稿件的"搬运工"，上对接各类有需求的付费短篇平台，下寻找各种投稿无门的新手作者。

很多新平台在刚开启付费短篇业务时，为了充实内容库，对作品的要求不会太高，还会给创作者保底收益。高过稿率，又有保底收益，对于作者而言，这生意稳赚不赔。

举个例子，平台 A 决定开启付费短篇业务，前期为填充内容库，给创作者单篇保底收益 800 元。机构 Z 因为信息优势，提前得知了消息，于是跟平台 A 谈好合作，承诺可以在保证质量的情况下大量供稿。于是机构 Z 以单篇 500 元的价格在各大平台收稿，要求低，付款快。这样，很多在官方投稿渠道碰壁的创作者，拿着被平台拒绝的稿子给机构，瞬间到手 500 元。

对机构来说，立赚 300 元，对创作者来说，原先无法在平台变现的"废稿"变现了 500 元。

对很多经济状况较差，需要快速变现的作者来说，这也是一个很好的方式。

遗憾的是，这种买断机制就是一手交钱、一手交稿，后续的版权、分成，跟创作者再无关系。

三、签约工作室

我们野草文化就属于工作室。

野草文化基本不收外界单篇投稿，我们都是与作者签约，作者长期供稿。

签约工作室通常采用分成制，但分成比例不如官方平台高，这一点咱们必须得承认。但签约工作室，恰恰是最适合新手作者的投稿方式。找到一家靠谱的工作室，将会让你的写作之路一马平川。

第一，工作室拥有科学完善的培训机制。每一个作者进入工作室，都有为期一个月的，资深编辑多对一的培训，作者经考验合格后，再开始写稿。

第二，工作室有完善的流程。本书提到的所有干货和技巧，都是我们公司内部的基本操作流程。作者不是咬牙把文章写完，而是按流程把文章优化完成。

第三，工作室分工明确。作者进入工作室，只需要考虑创作这一件事。选题遇阻，主编会从选题库中找到合适的选题，对作者进行支援。大纲、初稿、精修，都有资深编辑一对一负责。作者在创作过程中遇到的任何问题，工作室都有对应的处理机制。

第四，更多元的发展。在工作室表现优异的作者，都会获得一次选择的机会——是否尝试带新作者，从作者的单一身份变成作者 + 编辑的双重身份，把自己在实践中收获的经验传授给后来者，这样做还能获得一份额外收益。我们工作室已经有多名作者从付费短篇新手成长为资深编辑了。

第五，良好的创作氛围，保证持续输出。我创办工作室的初衷就是抱团取暖，持续输出。我是个自制力极差的人，但如果有一群人陪着我，我哪怕偶尔"摸鱼"，最后也能写出点东西。我们工作室有一位作者，加入我们之前已经断更半年了。但现在他已经持续输出一年半了，而且势头越来越猛。我问他原因，他说，工作室另一位老哥的输出速度让他自惭形秽，他不甘落于人后。

当然，说了这么多优势，签约工作室也不是适合所有人，它也有弊端。

第一，收益到账周期长。从接受培训到写出第一篇文章，到文章上线，再到收益到账，起码要两三个月。如果是经济状况比较差，或者性子比较急的人，肯定是接受不了的。

第二，门槛较高。尽管工作室会对作者进行培训，但也要求作者有一定的文字功底，以及较强的学习能力。

第三，情绪不稳定、执行力不强的作者，在这种模式下很难获得预期收入。我们工作室曾经遇到过一位创作能力很强的作者，但因为他情绪不稳定，无法与他人进行有效沟通，拖稿也比较严重，最后收益普普通通，我们放弃了与他合作。

第四，工作室水平良莠不齐，新人容易"踩坑"。不是所有工作室都有能力给作者提供培训和创作服务。有些工作室主理人自己付费短篇写得好，希望通过团队化增加产量。有些工作室主理人自己写不出文章，想招几个作者当力工，纯属是"二道贩子"。选择工作室前一定要了解清楚情况。

所以，这种模式适合有一定写作基础，情绪稳定，执行力强，能接受三个月收益低甚至无收益的作者。

三种不同的投稿方式我们已经讲得很清楚了，下面简单总结下。

官方投稿分成比例高、收益天花板高、自由，缺点是门槛高，适合已有代表作的作者。

机构买断的优点是变现快，缺点是没有长期收益、收益上限低，适合投稿无门、急需变现的新手作者。

签约工作室，利于成长，创作氛围好，缺点是变现周期较长，且有一定门槛，适合有写作基础又不着急变现的作者。

最后，还有一点要提醒大家。这三种方式并不是互斥的，而是互补的。比如，你是能直接跟平台对接的作者，但也有被平台拒稿的稿子，这时候可以选择机构买断。你一直写机构买断的稿子，经过不断训练，你的能力得到提升，这时可以找一家口碑好的工作室加入。你一直跟平台对接，但由于自制力不强，总因选题不足而停更，也可以找一家优质工作室加入。

这三种投稿方式，大家可以灵活使用，怎么方便怎么来。

第三节

变现的真相

在之前的内容中，我着重于帮助大家建立信心，分享技巧。但在大家即将踏上创作之路时，我也有义务把大家的预期调整到正常状态。

付费短篇写作是需要长期耕耘的事业。想在付费短篇领域获得一定成果，有三个前提：有执行力、有耐心、有产量。

付费短篇的变现也有两个特点：长效、收益波动大。

接下来，我们对这三个前提和两个特点逐一进行说明。

一、有执行力

有执行力，可以帮你淘汰 90% 的对手。

在你看书的此刻，执行力就已经帮你淘汰了不少对手。因为很多人想做付费短篇，买了这本书，但能看到这个位置的，我估计不会超过 10%。而看完这本书后，会按照这本书上写的去尝试的，不会超过 1%。

写这本书的时候，工作室的同事经常会问我："你连这个东西都要写进去吗？这可是我们的绝密资料啊！"

我一笑而过："你放心，我们就是把降龙十八掌写进去，真正去练的也没几个人。"

我们工作室筛选作者有一个效率最高且最有效的方法，那就是让作者完成"拆文任务"。所有作者要加入我们工作室，必须先拆50 篇以上的爆款付费短篇。

提供文章链接和拆文模板后，我们会直接跟作者说明要求：10天拆完。中途我们不会询问进度，也不会催作者。仅拆文这一个步骤，就能淘汰很多作者。

大家想想，拆文这种只需要执行不需要原创的事情都不能按时完成，真到写稿的时候，那得拖成什么样子。

心动很容易，行动没力气，这是大多数人的常态。

"写付费短篇"这五个字里，最重要的是"写"。只有开始写，才有后续的一切可能。

二、有耐心

我理解所有人对正反馈的需求，但现实就是，大部分的事业都是延迟满足的。我身边的作者，在付费短篇领域坚持半年以上的都出过爆款。

很多人在刚开始接触这个领域时，看了太多圈内传说，见了太多站内"大神"，总觉得自己也应该一鸣惊人。

可是，要知道，时代变了。当年稿子供不应求，全站流量都往那几十篇稿子上导，爆款率高得吓人。现在，一天上线多少篇稿子？当年一文封神的"大神"，现在自己都很难写出一篇爆款。

我个人建议的试水期是半年，一旦你决定尝试写付费短篇，前半年什么都不要想，好好码字，好好复盘，等待结果。

三、有产量

出爆款原本是偶然事件，但是在保证数量的情况下，出爆款就是必然事件。

想在付费短篇领域变现，就必须解决产量问题。对于新手作者，我建议按每月写 3 篇的数量要求自己；对于有基础的作者，应该按每月 4 篇的数量进行创作。

前期不用太在意质量，哪怕先在知乎免费回答合适的问题，也要保证产量。只有通过不断创作、获得反馈，才能迅速适应平台要求，了解读者需求，提升创作水平。

产量是收益的保证。

四、长效

付费短篇只要不是直接被机构买断，整个变现的周期是很长的。普遍来说，一篇文章的有效变现期在半年左右。也就是说，在半年内，这篇文章都能给你带来比较可观的收益。当然，并不是说半年后这篇文章就没有收益了，而是收益不明显了。我三年前的一个专栏，经过半年的有效变现期后，现在收益已经逐月下降，但直到 2024 年 1 月，每月还有 400 元左右的收益。

当然，也存在特殊情况。比如我们作者有一个爆款专栏，在一年多以后，其中的某篇文章忽然又被平台推荐了一番，单月收益超过 6000 元。

正因为付费短篇的这个特性，产量在付费短篇变现中才显得尤为重要。产量是实现稳定收益的关键因素。

五、收益波动大

付费短篇这种依赖爆款的变现形式，收益波动是非常大的。

我们 60% 的作者在有爆款的月份拿到过单月 2 万元以上的稿费。而这些作者日常的收益，肯定是没有这么高的，基本为 5000 ~ 10000 元。所以我们的策略是保数量，冲爆款。用数量维持基本收入，用爆款提升收入上限。看到这里，有人肯定就要问了：那你们为什么不只写爆款呢？这个逻辑就跟既然吃到第六个馒头才吃饱，那为什么不直接吃第六个馒头的逻辑一样令人沉默。因为选题有没有成为爆款的潜质，可以预估；但没人能保证某个选题一定成为爆款。我们能做的，就是把所有有爆款潜质的选题都竭尽全力写好，然后等待真正的爆款出现。

　　付费短篇是个好的变现工具，但它和所有挣钱的方式一样，需要脚踏实地做好执行，需要一字一句做好积累。

　　站在风口，猪都能飞起来。付费短篇的确是个风口，但我相信没有人愿意做猪，我们就算做不了翱翔的雄鹰，起码努力把自己改造成一个风筝吧。

第十一章

优秀的创作者是怎样练成的

第一节

为什么你总是被拒稿

写作中很重要的一步是投稿，但很多作者写了很多年，并不知道如何正确投稿。

在创立野草文化之前，我是中国最大的文艺类 App 的内容负责人，每周要审几百篇稿件。创立野草文化后，我的邮箱也不断收到不同类型的投稿。各种投稿问题不能说是超乎想象，只能说是不拘一格。

我一直在想，怎么把这些问题具象又清晰地表达出来。最后我决定，直接带大家当一回编辑，让大家从编辑视角去看看，那些稿子是怎么被拒的。

一、不用点开就拒掉的稿子

在我的收稿邮箱里，起码有 1/3 的稿子是不需要点开，就能直接拒掉的。因为，这些投稿的人连征稿函都没有看。

举个例子，我们的投稿须知里写得清清楚楚，邮件标题格式为
"类型 + 文章标题 + 字数"，还给出了示例：小说《梦醒时分》7563。

而我收到的投稿邮件标题"百花齐放"。有的只写文章标题，有
的只写类型，甚至有的只写字数。甚至这些都还可以原谅，因为还
有更离谱的。有的一看就是保存文档时，自动提取的第一句话；有
的直接把邮件标题当成跟编辑套近乎的工具，用颜文字卖萌，无所
不用其极；最离谱的是连环轰炸，生怕编辑漏了自己的稿子，一篇
稿子投很多次。以上，都是我编辑生涯中亲身经历过的。

总而言之，邮件标题格式都不对的稿子基本没有通过的机会。

二、看一眼就拒掉的稿子

邮件标题符合格式，编辑点开稿子，来到正文部分。点开文档
看一眼，又能直接拒掉一大批稿子。

举个简单的例子，我们的收稿要求是一定要有三个以上的备选
标题，而且要有引言。很多稿子就只有一个标题，然后就是正文。
这种属于，征稿函看了，但没完全看；投稿格式懂了，但没完全懂。

还有一种情况就是，排版混乱。

你见过长达 2 万字，行与行之间紧密挨在一起的稿子吗？一点
开文档，我仿佛见识到了雕版印刷。这种压迫感让我都不敢直视文
档超过 3 秒。

看一眼就拒掉的稿子，基本就是因为这两类问题：内容格式不

符合要求，排版格式让编辑望而却步。

三、看一会儿就拒掉的稿子

在这个阶段被拒掉的稿子，问题基本存在于两个方面：文风、节奏。

例如，付费短篇的要求就是接地气、口语化、年轻化。你上来先露一手意识流，接着吟一首现代诗。我们不是说不允许人炫技，就算看在变现的面子上，也得入乡随俗吧。

非要说当代中国文坛谁数一数二，那不得不提拿了诺贝尔文学奖的莫言。可莫言的知乎盐选专栏《奇奇怪怪故事集》在知乎热度榜上也排不进前十，这还是在知乎举全站之力推广的前提下。是莫言写得不好吗？我们都知道并不是。那原因是什么？付费短篇的受众来知乎盐选，就是奔着故事情节和发泄情绪来的。这是消费场景决定的。

再说说节奏。付费短篇讲究篇幅短、节奏快、情绪足，所以叙事效率一定要高。有些作品，都写完 1000 字了，还没进入主线剧情，全在写心理活动和背景信息。这种稿子，基本也是编辑看一会儿就会拒掉的。

那怎么应对这种情况呢？方法就是我们之前提到的拆文。你在向任何一个平台投稿之前，都应该先拆解对方平台的文章，了解清楚其结构、需求和文风，再下手。

四、看完才拒掉的稿子

这类稿子被拒，大概是因为以下几个原因：雷同、价值观不正确、主题不明确。

雷同是编辑看完一篇稿子后拒稿常见的原因。很多时候，我们读完一篇稿子，总觉得似曾相识。经过查找之后发现，就是之前在某平台看过的某篇爆款的"换皮"，最后只能拒掉。

价值观不正确也是常见的稿子被拒的原因。例如整个故事讲完，作者不去共情被伤害的一方，反而为凶手的一生被毁了感到惋惜。

最后一个典型原因就是主题不明确。出现这个问题，基本是因为在写大纲阶段没有确定好主题。情节都写到了，但是每一个情节的力没有用在一个方向，导致我们看完文章后满脑子问号：你想表达什么？

相信通过代入编辑视角，你已经知道自己被拒的稿子存在什么问题了。

总结一下，如果你准备投稿，一定要认真阅读征稿函，仔细拆解平台稿件，拒绝抄袭，树立正确的价值观，主题明确。这样你投稿的成功率就会大大提升。

第二节

拆解爆款

你要先知道什么是好的作品，才能写出好的作品。

我从接触写作开始，读过不同类型的文件简书小短文、公众号情感文、条漫、商业软文、小说、案件文、历史文。在接触每一种新文体前，我对这种文体都是一无所知的。其中，对于条漫、公众号软文、案件文，我不仅自己拆解学习，还培训作者进行创作。

我能自己学会，并且把团队成员教会，最关键的就是坚持向行业头部学习，拆解爆款文。

一、为什么要拆解爆款

我读高中的时候，数学老师最喜欢说一句话：你要弄清出题人的目的。

拆解爆款文的本质就是以优秀创作者的视角，去推演他的创作思路。只有你开始拆解爆款作品，才会深入思考作者的目的，作者的小心思，作者的技巧。

　　当然，更重要的是，你要学习爆款的结构。单纯阅读只能看到文章被精心修饰后的表现，拆解才能看到其骨架。

二、怎么拆解一篇爆款

　　拆解爆款作品时可以利用表 11-1 进行分析。

表 11-1　拆解爆款

一句话故事	
章节情节概述	
标题分析	
开头分析	
截断分析	
结尾分析	
还有哪些可优化的地方	

　　做完以上分析后，还有最重要的一步，用我们的付费短篇万能模板把这篇爆款作品还原成大纲。

　　接下来，我们逐一讲解每个步骤的目的。

　　一句话故事：其实是为了锻炼我们的选题能力。前文我们说过，不能用一句话讲清楚的故事都不是好故事。把一篇文章浓缩成一句话，考验的是我们对文章的理解，也能更好地让我们体会，作者为什么要写这个选题。

章节情节概述：把每一小节的细枝末节全部砍掉，只保留主干。这样我们能更清晰地看出，作者是怎么安排结构处理情节的。这也是在为我们把文章还原成大纲做准备。

标题分析：可以对照我们"标题"章节介绍的技巧，看看作者做对了哪些地方，有哪些值得我们学习。开头分析、截断分析、结尾分析，也是一样的道理。

还有哪些可优化的地方：做完以上所有分析，我们就要思考如果是自己写这篇文章，还有哪些地方我可以做得更好。

在这一步如果你认真思考，会遇到很多有趣的情况。例如，你本来想着或许可以换个更好的开头，结果尝试了一下，发现更换后的开头对后续情节流畅度有影响；你想着可以给主角安排个不一样的结局，最后发现这个结局跟主题相悖。

到最后，哪怕你想不出任何有效的优化建议，做这一步的目的也已经达到了：你更加了解这类作品的创作思路。

把作品还原成大纲，其实是对前七步的整合。下次如果想再学习一下爆款作品的创作思路，可以直接点开大纲思维导图，一目了然。

三、拆解数量

对于这个问题，我的建议是不少于 50 篇。

这个数据是有事实依据的。我在独立负责一个部门做公众号商业软文时，拆解了当时头部公众号的 100 多篇商业软文，还进行了分类。后来，我还带着部门新手，一起拆解了 50 篇。

我创立野草文化全职做付费短篇后的第一件事，就是和合伙人花一个月时间拆解知乎 TOP 100 的热门文章。后续进入工作室的新人也都是拆解 50 篇起步。

所以，其实这个标准应该是，在没有人指导的情况下拆解 100 篇；在有人指导的情况下，至少拆解 50 篇。在座的诸位，已经有这本书的指导，所以可以按照 50 篇的标准来拆解。

对于这个数量，大家务必要保证达标。因为我们工作室就在这个问题上吃过大亏。我们工作室与好几个资深作者合作过，其中不乏平台大 V。最初我认为，既然对方都是资深作者，那么在拆解数量上放宽些要求应该没什么问题。于是，我把他们的拆解数量标准有的定为 20 篇，有的定为 30 篇。

但是无一例外，拆解数量不够的作者，在创作中都会出现各种问题。于是不得不停下来，继续拆解文章，去学习他人的创作思路。到最后，他们拆解了不止 50 篇文章。

所以，不要抱有侥幸心理。

在这，我希望所有想写付费短篇的人给自己定一个规则：没有拆够 50 篇爆款作品，绝不动手创作。

第三节

没关系，先从写垃圾开始

　　这一节的标题原本是"动手写，比什么都重要"。恰巧，我最近在微博看到一条热搜："没关系，先从写垃圾开始"。我觉得这比我自己取的标题要恰当，于是就用它做标题了。

　　这条热搜下有一条热门微博，列举了六位大作家对"动手开始写"的态度，每一条都简单而准确，直击重点，比我原先总结的几个要点精准多了。

　　最后我决定，干脆借几位大作家的话，再结合我自己的故事，跟大家聊聊"先完成，再完美"。

　　在书桌前坐得够久就会有收获。初稿通常很烂，别担心，反正初稿不会有人读到。很少有作家真的清楚他们正在写什么，通常直到写完才恍然大悟。

——安·拉莫特

对我而言，每天最艰难的事情，就是打开文档。因为在来到办公室后，我一般会先烧水泡茶，再看看热点新闻，查看账号后台数据，最后再慢悠悠地打开文档。

其实对于一个码字工而言，坐在电脑前，打开文档的那一刻，就注定今天不会没有收获。当然，最关键的是不要有任何心理压力，因为你目前写的版本基本不会有机会跟读者见面，你可以自由发挥，重要的是先在键盘上敲下几行字。

尽量不对自己有所期待，坐在桌前，对自己说："我有写出世上最烂的垃圾的自由。"

——纳塔莉·戈德堡

完成比完美重要，开始比完成重要。

李松蔚在他的书《5%的改变》里阐述了一个观点：你只想要100%的改变，所以你才被困住了；现在我们要做的，是先试着把5%做好。用一个极其微小而不同寻常的行动，去打破惯性和困局。

写作的也是这样。每次动笔之前我们都想要100分的作品，但是我们必须知道，100分的作品不是一次性创作出来的，眼下最重要的是先动手，写出前5%，或者先写一个5分的想法，思维开始转动，进入写作状态了，才可能文思泉涌。

为了让自己动手写，你要有把今天写出来的所有文字扔进"回收站"的决心。

不管你有没有灵感，习惯可以一直让你坚持下去。习惯可以帮
助你写完并打磨你的故事，灵感则不能。

——奥克塔维娅·巴特勒

不是有灵感了才开始写，而是开始写了才会有灵感。

如果你想靠码字养活自己，就必须成为一个坐在计算机前就能
开始码字的"机器"。等待灵感的作者或许能写出杰作，但绝对无法
靠写作养活自己。

只要你写了东西，你就有办法改进。但你永远无法改进一纸
空白。

——尼尔·盖曼

我们无法优化一篇只存在于脑海里的文章。所以，无论你构想
的文章有多烂，完成度有多低，先写出来。

还是回到六个馒头的故事，没有人可以直接吃第六个馒头，也
没有人可以直接写出一篇无需修改的杰作。

我们吃的每一个馒头，都是在为吃饱做铺垫，我们写出来的每
一句话，都是在为更好的作品做积累。

最后，以余华老师的一段话作为本节的结尾："写作就是一个水龙头，第一段对了，所有东西就会喷涌而来。摸到那个开关的方式其实很简单，就是不断地写，写这一段不对，就换一段。开关肯定会被你摸到的。"

第四节

告别拖稿的五个诀窍

在讲诀窍之前，我们先看一个大文豪雨果克服拖稿的故事。

1830 年，雨果慌了，由于他肆无忌惮地拖稿，出版商给他下了最后通牒：六个月内，他必须把作品完成，否则出版社将更改出版计划。绝境之下，雨果决定背水一战。他让管家把他所有的衣服藏起来，只留一床仅能蔽体的毯子。这样他就没办法出门，只能写稿了。终于，在距离截稿日期还有两周的时候，雨果交稿了。1831 年，这本书出版了，叫《巴黎圣母院》。

从这个故事，我们不难看出：

第一，拖稿是每个创作者都要克服的障碍；

第二，面对拖稿一定有解决办法；

第三，作品质量与创作时长并不成正比。

所以，我们需要正确认识拖稿这件事。首先，拖稿并不可耻，大作家也有这个问题。其次，拖稿是可以解决的。最后，不要拿作品质量为借口拖延自己的交稿时间。

接下来，我跟大家分享几个我一直在用的对抗拖稿的秘诀。

一、靠"他律"而不是"自律"

在创立工作室之前，我曾是个拖稿把编辑拖到离职的"劣迹作者"。

那时候我还是一个独立作者，写文章只对自己负责。即使拖稿，也只是自我谴责一下，然后随口编一个借口发给编辑，继续拖稿。后来，我也因为拖稿，错过了一个非常好的机会。

我痛定思痛，决定改掉拖稿的习惯，并且发现想做好一件事，不能靠"自律"，要靠"他律"。

我是一个很怕麻烦别人的人，也很怕给别人造成负担。于是我成立工作室后，尝试把写稿从我一个人的事变成团队的事。

例如，我决定写一篇长篇，我就会安排好时间节点，什么时候开大纲会，什么时候改稿，什么时候定稿。因为这些事都与其他团队成员有关，所以写稿这件事不再只是我自己的事，一旦我没有按时交稿，团队所有成员都得等我。这对我而言，压力、代价都太大了。这样安排后，我几乎没有拖过稿。

2023 年，贾玲瘦了 100 斤，除了强大的自律能力，还有强大的

"他律"。在她减肥的过程中,整个《热辣滚烫》剧组待命,整个项目停摆。她要是减不下来,项目就黄了,剧组就散了。

在这样的情况下,这 100 斤,无论如何她也得减下来。

所以,要想办法把写稿从一件靠"自律"的事变成一件靠"他律"的事。

二、设置最后交稿时间

互联网行业有句老话,DDL(deadline)是第一生产力。

这句话在雨果身上也得到了印证,如果没有六个月期限的最后通牒,《巴黎圣母院》这部杰作可能还得推迟两年面世。

试问,在学生时代,谁没有在假期最后一天赶过作业呢?

最后的交稿时间像一个紧箍咒,它不能直接控制你,但可以最大程度限制你。这张牌加任何一张牌都是王牌,单出杀伤力减一半。所以,建议大家在选择任何方法时,都设置一个最后交稿时间。

三、多跟不拖稿的作者交流

近朱者赤,近墨者黑,叮不是句空话。永远要相信环境对一个人的影响。

我们工作室有好几个作者在刚加入的时候,拖稿非常严重,基本是我们不问他们就不写的状态。

但我们工作室有一点非常好,就是每个编辑的执行力都极强,从不拖稿。我们编辑有一个微信群，我们每天都会按时在群里同步进度。这样持续两个月，即使有拖稿的毛病，基本也都能改掉。

永远不要低估从众的力量。我永远记得读初中的时候，班上同学问我去不去打篮球，我回答："作业没写完。"同学说："我也没写完。"同桌说："我也没写完。"我犹豫了两秒："那……我也不写了，打球去。"

当你每天都处在一个拒绝拖稿的环境中时，你的潜意识就会告诉你：不拖稿才是常态，拖稿是不正常的。

四、断网

这是我亲测有效的办法。

当你决定开始创作后，立刻把手机调成飞行模式，在电脑上把微信退出登录。我们进入创作状态可能需要半小时，但消息通知一秒钟就能把这种状态打破。而一旦你点开通知，就是进入了"时空隧道"，等你反应过来的时候，可能已经是一小时以后了。那不是手机，那是时间的黑洞；那不是通知，那是隐蔽的地雷。

我们没有那么重要，断网几小时，世界并不会毁灭。

五、承诺

在公开场合做出承诺，或者向你在乎的人做出承诺。

我在面对一项完成难度极高的任务时，经常会选择在朋友圈公示。例如：今天晚上不写到 10000 字不下班。如果你觉得别人的眼光自己不是那么在乎，那就找一个自己在乎的人，可以是爱人、朋友、竞争对手……总之，就是你在他面前承诺了，就不想让他失望的这个人。

用承诺来倒逼自己执行。当然，这在本质也是一种"他律"。

第五节

写作是一生的事业

流水不争先，争的是滔滔不绝。而写作这件事，需要我们在保证滔滔不绝的前提下，尽量争先。因为一切内容形式都会过时，但生产内容的能力永远稀缺。

一旦我们把写作定义为"一生的事业"，很多问题就迎刃而解了。那些焦虑、惶恐、徘徊都源于我们有一个执念：在写作后，我们要立即得到些什么。

每一次创作都是为下一次创作打基础，每一次新尝试都是下一次成功的彩排。

我们很容易高估努力一年能取得的成绩，却常常低估努力十年能取得的成就。

如果你已经开启了创作之路，请务必做到以下几点：终身学习、用创作者视角看世界、保持稳定输出。

一、终身学习

终身学习最根本的目的是保证持续输入，让创作不至于成为无源之水。

所有输入方式中，我首推的还是"读书"。我写过很多篇人物稿，经常要针对一个人查很多类型的资料，包括纪录片、采访、图书。最后发现，在所有输出形式中，书永远是最真实、最深刻、最用心的。

只有读书，你才能跟作者进行深层次的沟通。我认识的作者在创作每一本书时，几乎都会竭尽全力、呕心沥血。得益于图书的篇幅，作者有充足的空间表达自己的观点和想法。

另一个我比较推荐的输入方式是"看电影"。杨德昌在《一一》中这样评价电影：电影发明后，人类的生命至少比以前延长了三倍。

电影与图书相比，更能让人产生代入感。读书时，读者需要想象，而电影能让观众沉浸。通过电影，观众能看到那些没有看过的风景，体验那些不可能经历的冒险，理解那些遥远的情绪。

无论是电影还是图书，我都推荐一个输入原则：先看经典作品，再看热门作品。时间是最公平的裁判，能从时间的长河中杀出重围成为经典的，一定是杰作中的杰作。

看完经典作品后，也要了解当下的文艺市场。对于爆款作品，我们也需要认真学习。我们要了解它有哪些优点，有什么地方能为我所用。

看经典作品是为了明确什么是优秀作品；看热门作品是为了明确现在的人喜欢怎样的作品。这样才有机会输出符合当下需求的优秀作品。

二、用创作者视角看世界

把"创作"变成一种生活方式，毕竟生活本身就是创作的原材料，关键在于你如何提取。

我很早就养成了一个习惯：收藏打动我的一切。无论是音乐、文字、视频、对话，还是图片，只要是让我情绪有波动的，我就会把它记录下来，然后抽时间去复盘这些作品是怎么做到的。

然而，设置和整理一个收藏夹是极其烦琐、费时的。我并不是个细致的人，但我有个高效的方式，大家可以参考。

如果你有一起创作的伙伴，我建议建一个群，群名就叫"打动我们的一切"。大家遇到值得收藏的东西就发到群里，并附带一句话介绍（这个方法有妙用）。如果有时间，可以再写一段感悟。

这样，你们就拥有了一个"云收藏夹"。在有需要的时候，直接在群聊天记录里搜索关键词。这就是为什么一定要附带一句话介绍，这句话里一定要包含你能记住的几个关键词，方便后期查找。

而图片视频类的资料就更好找了，直接在聊天记录分类里翻一翻就能找来。

做这些事的时候，你还可以利用微信收藏功能对群内所有素材进行分类整理，方便查找。

以上是积累零散素材的方法，那对于图书、影片这种系统、完整的作品，一个优秀的创作者该用怎样的思维面对呢？

答案是讨论 + 拆解。

我在前文中提过，我和工作室的小伙伴在看完电影后一定还有一个流程就是讨论剧情，并尝试把电影还原成剧本大纲。

一个人看电影和多人看电影的效果是完全不同的。电影院的电影无法快进或倒退，人在看电影时通常不可能不开小差。而且每个人关注的重点也各有不同，比如我比较重视剧情和伏笔，而我工作室有个小伙伴比较重视情绪和感情线。我们每次看完电影讨论时，都能在与对方的讨论中"多看"半部电影。

三、保持稳定输出

2015 年，我读大一。从那时起，我决定靠码字养活自己，到现在（2024 年），已经九年了。

这九年里，我的人生有过停滞，但创作从未停止。哪怕在北漂结束后无所事事的半年里，我也积攒了 6 万字的作品。

曾经有朋友问我："你是怎么坚持的？"这个问题吓了我一跳，因为我从没想过，我也不觉得这是一种坚持。但我仍然思考了一下是什么支撑我一直写下去的。最后我总结出了三点：目标、反馈、复盘。

四、目标

关于写作，我永远都会定两个目标：一个长期目标，一个短期目标。

不变的长期目标是写出在世界范围内有影响力的作品，例如《三体》。时至今日，我觉得也该轮到我们对全世界做一波文化输出了吧。那这波浪潮我必然不能缺席。

目前的短期目标是使野草文化成为付费短篇头部机构，带领工作室成员走向富裕。这个短期目标可能很快就会变。除了付费短篇，我还是想打造一些有价值的长篇 IP。当然，对于这个领域，我会优先试水，等我写明白了，再带小伙伴们进入。

如果你还没有想好自己的长期目标和短期目标，不如借这个机会，花点时间好好想想，写在下面。

长期目标：＿＿＿＿＿＿＿＿＿＿＿＿＿＿＿＿＿＿＿

目前的短期目标：＿＿＿＿＿＿＿＿＿＿＿＿＿＿＿

从今天开始，朝着你的目标进发！

五、反馈

创作的结束不是作者写下结尾，而是读者反馈。没有反馈的写作是无法长久的。不要把创作变成一场单机游戏，一定要去公共平台创作。这里指的公共平台包括但不限于知乎、UC、网易、微信公众号、微博、小红书……商业写作的目的一定是通过更优秀的作品影响更多的人。真实的反馈才能带来真实的进步。

公共平台除了能帮你吸引读者，还能给你提供机会，最重要的是可以帮你找到伙伴，他们能给你有效的建议。

我创作路上最重要的伙伴，全都是我在公共平台上创作时认识的网友。而跟我一起北漂的伙伴，就是在简书一起写短篇小说的"战友"。

六、复盘

在坚定目标，持续执行并获得反馈后，还有一个步骤绝不能忽略：复盘。

我的习惯是每个月对上个月的创作进行一次复盘。主要从以下几个维度进行：创作、收益、粉丝量。

创作维度主要关注数量和创作方向，即作品数量是否有提升空间，创作方向是否正确。

收益是本阶段所有行为的具象结果，如果收益上升，说明创作方向正确，可以继续保持。如果收益下降，大概率跟创作数量和创作方向有关，需要进行调整。

从粉丝量来看，一般只要不是平台头部大 V，在持续创作过程中不大可能"掉粉"。一旦出现"掉粉"情况，那肯定是创作思路出了问题，需要及时调整。

写作是一生的事业，我们朝着目标一路狂奔，难免会走岔路，复盘就是为了修正路线，提高速度。一时的休整是为了更快地到达目的地。

　　日子一天一天过，不知不觉，已到而立之年；稿子一字一句写，不知不觉，完稿已在眼前。

　　提起笔，沉下心，写作自然也就携着你的志向顺着时间长河，奔向大海。

　　愿诸位，写有所成！

PART IV

机遇与改变

第十二章

我和付费短篇

第一节

我的写作之旅

我本有一万次"机会"活成一个混混，我老家的伙伴们都是见证人。到最后，我居然成了一个靠写作为生的"文化人"。

我从小喜欢看书，但我真正下定决心要以写作为生，是在高三。

高三那年，我模拟考试的分数永远差一本线 10 分左右。看起来是每科多考 2 分的事，实际上就是考不上一本的水平。

高考前，我不得不思考我的未来。经过冷静分析，我确定了我接下来人生的基本方向：如果考上一本，就认认真真选学校，认认真真选专业，根据专业就业；如果考不上一本，那就就近选一个学费低的学校，在大学期间把写作变现这条路走通。

高考出分后，不出所料，我没考上一本。别人填志愿都是第一志愿冲，第二志愿稳，第三志愿保本。我是第一志愿就保本，直接填了个师范学校的师范专业，因为学费最低。

进入大学后，我按照原先定下的人生方向，开始钻研写作变现。

　　我写作的历程可以用萍水相逢、关山难越来概括。

　　在前言部分，我已经讲了部分我写作的故事，为什么还要单独用一章来写呢？因为在前言部分，我更多讲的是"势"，只是简单概括了我写作生涯的走向与势能。而在这一章，我更想跟大家分享"术"，详细复盘我的具体操作和技巧。

　　"势"只是为了告诉大家，这条路顺畅且直达未来；"术"才能真正跟大家说清楚，走哪条路线、在哪个服务区休息、在路上的注意事项。

　　那我们就先来讲讲"萍水相逢"的故事。

萍水相逢的平台

　　有读者反馈的写作，才是真正的写作。

　　我从大一开始写作，但那时我没有电脑，没有渠道，根本不知道写的东西要发到哪里。我私信问过很多专业人士，希望获取投稿渠道，最后都石沉大海。

　　无奈之下，我把最好的几个朋友拉进了一个群，并将群取名为"断更发红包群"，每天在群里发自己写的文章。这样的行为持续了一年。但大家都很忙，没有人会真正看我写的那些不成熟的文字。

　　当然，这个群对我来说依旧意义重大，因为这个群就相当于一个监督机构，因此，不管怎样，我每天都要写点东西。

　　一个偶然的机会，我被网友拉进了一个群，群里都是写短篇小说的朋友，他们都在同一个平台创作并相互交流，那个平台就是"简书"。我决定，和他们一起，在公域平台征战。

公域平台通常都有一个"热门"机制，文章只要进入热门首页，评论量和阅读量都会比较高。

很快，我就尝到了有读者的甜头。就这样，我每天的创作动力从完成任务免得发红包，变成了争取上热门，以获得更多读者的反馈。

事实上，从此刻开始，我才算真正走上了"写作"的道路。

而在互联网上萍水相逢的读者、伙伴，也是我后续写作道路上的重要助力。

在平台上写作的过程中，我结识了一群志同道合的伙伴，里面包括我的老板、我的北漂伙伴、我工作室的合伙人。

所以，如果你决定踏上写作的征程，一定不要沉默地走进自我的囚牢，去公开的平台，去有读者的地方，去寻找自己的伙伴，让别人看见，让别人评价。这是你的宿命，也是你的使命。

在公域平台写作还有一个好处，我们的账号就是产品货架。已完成的作品一直在那儿，有稿件需求的编辑会主动找上门。

我就是靠不断地更新、上首页，被一个微信公众号编辑发现，拥有了第一份稳定的写作工作，稿费为千字 50 元。

至此，我算是真正走上了写作变现的道路。

我刚开始收到这个约稿消息时非常兴奋，如果一篇稿子 3000

字，那稿费就是 150 元，4 篇就够我一个月的伙食费了，我岂不是直接实现食堂自由？梦想是美好的，现实是残酷的，"大神"也不可能做到过稿率 100%，何况我这种行业"菜鸟"。我想赚够 600 元，一个月可能要写 8 篇稿子。

但无论如何，总算是有了一个可靠的变现渠道，比起之前纯为爱发电地创作好了不少。

在专业编辑的指导下，我的写作水平也有了提高。

不久后，我的稿费就因为另一个契机翻了一倍。

萍水相逢的贵人

2018 年 3 月 18 日，我收到一条私信："小伙子，你很有才华，愿意给我写东西吗？"

我："没问题，什么类型的？"

大哥给我推送了一个面向大学生群体的微信公众号，单篇文章阅读量在 1000 左右，采用的是中老年营销号排版风格。

我说："能写，稿费怎么算？"

大哥："你开个价。"

我报出了一个在我眼里等同于抢劫的价格："千字 100 元。"

大哥直接给我转了 1000 元，跟我说："先来 1 万字。"

我第一次遇见先给钱再交稿的情况。很久以后我才知道，大哥是实现了财务自由的企业家，现在想圆自己年轻时的文学梦想，看到我写的文章，他梦回青葱岁月，决定找我写稿。

　　大哥微信公众号上文章的阅读量不高，所以他审稿也不严，在这个阶段，我实现了之前的梦想，基本做到了过稿率 100%。一段时间后，我开始耍"小聪明"。当时我已经做到了过稿率 100%，且稿费为千字 100 元。这意味着，我写的稿子篇幅越长，稿费越多。在此之前，我单篇稿子最多写 3000 字。因为贫穷，在这个阶段，我连续写了很多篇超过 6000 字的小说。这一切，大哥都看在眼里，心知肚明。

　　我的篇幅越写越长，大哥单次支付的稿费越来越高，但大哥对我却越来越信任，甚至把微信公众号的运营权交到我手里。我后来分析，原因应该是，虽然我的文章越写越长，大哥审稿也很宽松，但我始终严格要求自己，不合格的稿子从不发给大哥。我的稿子篇幅增加的同时，质量也在提升。

　　质量的提升，在后来的很多时候都得到了印证，因为我后来的很多爆款付费文章，都脱胎于这时期的作品。

　　接下大哥微信公众号的运营工作后，我在平台创作期间认识的伙伴就派上用场了。我们组建起了一个小团队，从主编到运营人员，从商务人员到写手，一应俱全。虽然现在想起来，那次我们着实还有些幼稚，可也是实实在在地为后来的创业做了一次彩排。

　　我们苦心经营了这个微信公众号半年，文章阅读量有了提升，但非常有限。

我第一次创业，以惨败告终。

时间来到了 2019 年，我大四，面临着就业问题。

这时的另一场萍水相逢，让我走上了北漂之路。

萍水相逢的消息

第一次创业失败后，我陷入了严重的自我怀疑。

我开始正视自己的短板，认为最根本的问题是，我缺乏对商业的认知，以及我根本不知道一家公司是怎么成立、怎么运作、怎么开始赚钱的。

偶然间，我在朋友圈看到了一个消息，一位"80 后"作家兼导演要在北京组建内容团队，而这个团队的总经理就是曾经找我约过稿的强哥。

我从小深受这位作家的影响，甚至曾梦想成为和他一样自由、大胆、犀利的人。我立刻毛遂自荐，并整理了一份作品集发给强哥。

这时候，我那失败的公众号创业经历反而给我加分了。成与不成是一回事，做没做过是另一回事。很多事，做过就够了，毕竟经验都是一样的，甚至失败的经历更有价值。

此时，作为一个大四的学生，我不仅拥有公域平台一定粉丝量的账号、作品集，还有公众号创业经历，再加上我的主动，最终我获得了这次机会。和我在简书一起写作过的小伙伴拉灯也成功通过审核。就这样，我们踏上了北漂的征程。

在此之前，我们走的都是"野路子"，现在，面对专业的内容制作流程、严格的主编和自己的偶像，我们压力非常大。

生活上的压力则更加直接。我和拉灯，还有另一位小伙伴在公司附近租了个房子，我的房间只有 9 平方米，每月租金 2600 元。

公司园区的食堂是自助式的，27 元一餐，且允许打包到公司吃。所以，我钻了个空子。我每天中午拿两个便当盒去打包，中午吃一半，晚上吃一半。这样，我每顿饭 13.5 元就能解决，还不用纠结点什么外卖。

北漂的窘迫加上职场的生疏，让压力具象成一把利刃，在我们身体上留下痕迹，我们开始失眠、长溃疡、流鼻血……

我们第一次感受到专业内容的制作有多么严格，每周我们要准备五个选题，在选题会上集体讨论，而且大概率我们的选题会全部被"毙"。那只能再找五个，如果被"毙"，就再找。选题过了也不是万事大吉，大纲和初稿，依旧有可能直接被"毙"。

强大的失控感让我开始怀疑自己的写作水平。

解决问题的过程总是痛苦的，好在只要是问题就能解决。

北漂过程中，我有幸见证了一家专业内容公司的诞生，两年时间，公司从营收几百万元做到了营收过亿，从一开始单纯的内容公司，变成了一家集内容、商务、MCN 为一体的公司。我也从一开始的实习生成长为内容团队的管理者。

在这个过程中，我的经济收益不多，收获更多的是经验。我也在这期间与拉灯同志建立了深厚的革命友谊。

多少个深夜，我们买两瓶最便宜的啤酒，配上一包辣条，在合租房的沙发上自暴自弃，又互相鼓励。如果是孤身一人，也许我早已放弃。

当然，天下没有不散的筵席，我还是比拉灯更早撑不住，选择了"撤离"。而选择"撤离"最主要的原因就是我们这本书的重点：付费短篇。

萍水相逢的约稿

关于我是怎么接触到付费短篇的，在前言已经写过了。

一次偶然的约稿，我将大学时写的小说微调了一下试试水，结果获得了超额收益。接下来就是借着势头，继续创作。最后验证，这个类目确实是机会，可以当成全职工作来干。

然而，在这里，我想说的重点不是这些空洞的节点，而是那些更真实的挣扎。

我收到知乎编辑的约稿消息时，正是我工作最忙的时候，我第一反应是抗拒的。因为我刚刚在职场上取得了一点小成绩，并不想分心。下班后，我重新看了一遍编辑的约稿消息，又打开自己的存稿文件夹，最后决定用最小的代价试一下，万一呢？

付费短篇给我带来的最大收获就在这儿：做好作品积累，遇到任何新的机遇，用最低成本去试，千万别错过。机会像闪电，稍纵即逝，抓住机会也是一项技术活。

抓住付费短篇的机会后，我一举从"月光族"变成了存款 6 位数的"小康青年"。按"爽文"的剧情发展，后续应该是我一路高歌猛进，跑马圈地，走上人生巅峰。可我们都知道，人生和历史进程一样不是只进不退的，而是螺旋上升的。

当时，因为工作、家庭、个人等方面的变故，我的身体和精神状态出现了很严重的问题。只要站在高处，我就有一跃而下的冲动。我陷入了情绪的泥潭，每天睡前都祈祷：希望明天就是世界末日，睡着就不再醒来。我就像一辆一直高速行驶却没有做过保养的汽车，过度磨损了。

跟好几个心理咨询师聊完，他们建议我放空一段时间。最后，我不得不辞职回老家休养。

而这让一切又回到了起点。

萍水相逢的合伙人

人生四大喜，有一喜是他乡遇故知。我回赣州后，经历了一场家乡遇故知。在休养的半年中，我没有进行任何工作，只是不停地寻找故地，不停地见人。

某天，我在朋友圈看到，我在简书写作时加上的好友"夕阳"居然也在赣州。我约他在赣州最地道的餐厅吃了顿饭。成为线上好友五六年，我跟夕阳从没见过面，甚至连点赞之交都算不上。

这些年，我在北京当编辑，他在成都做程序员，兼职运营一个微信公众号。从各种角度来说，我们都是两条平行线。然而，一场大城市的溃败，一个"撤退"的决定，让我们在赣州相遇。

当时我还没想好要干什么，我只感慨："回了老家，或许我们还是能做点跟文字相关的事"。

夕阳只说了一句："你有规划后随时找我。"

整个过程随意到我无法想象，但生活不是剧本，不需要草蛇灰线，伏脉千里，更不需要精心设计，隆重登场。

总之，就这样，我收获了此后最重要的合作伙伴。

关山难越：市场变化

2021 年农历新年后，我和夕阳在赣州市区集合，确定了工作室的名称"野草文化"，确定了创业项目"付费短篇"。

在前言，我用一句"截至 2023 年 10 月，两年多的时间里，我培养出了 10 多位作者，创作付费短篇 400 余篇，仅靠付费短篇这一个类目，带着小伙伴们一起变现了 500 多万元。"概括了我们创业的历程。事实上，其中坎坷，数不胜数。

我休养的半年里，付费短篇市场发生了巨大变化。

2020 年我刚入局的时候，那是付费短篇的起步阶段，还处于卖方市场，作品供不应求，平台流量过剩，无论什么类型的作品，质量过关就基本能获得超额流量推荐。这也是我当初每篇作品都能

"小爆"的原因，完成度够高，阅读体验好。

可当 2021 年我再入局时就发现，付费短篇的整个体系已经完善了，形成了几个明确的类目：女频、男频、非虚构、干货技巧。

这时候，一篇文章能不能"爆"，已经不单单跟完成度有关系了，还跟题材和类型高度相关。也就是说，要先确定一个流量够大的类型，再保证作品质量，才有出爆款的机会。

我原先最擅长的类目是"男频青春小说"，其市场已经完全被瓜分了。我按照之前的创作习惯写了几篇小说，效果平平。在跟夕阳讨论后，我们决定先研究市场，找准细分赛道后再进行创作。

于是，我们花一个月的时间，紧盯热榜，拆解爆款，分析类型，最后得出结论：女频小说是当下爆款率最高，市场最大，流量最好的类型。

在绝对的消费力面前，我和夕阳妥协了，毕竟是创业，活下来最重要。我和夕阳决定，以直男之躯，杀进女频小说领域。我们经过学习后创作了 20 多篇女频小说，不能说颗粒无收，只能说反响平平。

更重要的是，在创作过程中我们不断对比，最后发现，就女频小说而言，技巧和完成度不是最重要的，情绪、价值观、认同感才是吸引读者的关键要素。这三点对作者有一个基本要求，那就是性别必须为女。

20 篇女频小说，勉强够维持我们这家小工作室的开支，但还不足以让工作室活下去，我们必须寻找新的出路。

于是，我们兵分两路，夕阳坚守小说阵地，维持日常开支，我去探索新的出路。这次的分工也决定了我们工作室未来的所有决策原则：开辟新路径的事，我去尝试，成功了，再带着工作室其他人去做。

关山难越：开拓新类目

女频小说创作受阻后，我开始分析整个付费短篇的市场。

好马不吃回头草。男频小说虽然是我的强项，但其门槛太高，可以作为我个人创作的安全通道，但不能定为工作室创作的方向。我必须找到一个市场够大、门槛低、新人易上手、可持续创作的类目。

最后，我选中了案件。因为案件自带悬念、情绪、转折，天生就是一个好的故事胚子。并且，古今中外有无数传奇案件，素材取之不尽，用之不竭。

我们只要做到三点，就能一直写下去：保证素材全、保证讲故事的方式以及视角独特、从案件精彩的地方开始讲。

我们很快尝试了第一个案件专栏，结果成绩碾压女频小说。当然，这并不是女频小说赛道不够好，纯粹是因为我们团队的基因不适合。

第一个专栏试点成功，我立刻开始了数据分析：专栏里哪篇文章的数据最好，哪篇文章的读者反响最强烈，哪篇文章的收益最高……

通过分析，我们发现，专栏中一篇关于悍匪的文章的各项数据遥遥领先。就这样，我们依靠上一步的成功，找到了下一步的方向。我们直接缩小范围，申请了一个专门写全世界"悍匪"的专栏。大数据果然靠谱，悍匪专栏一炮而红。

在制作前两个专栏的同时，我逐渐理解了"付费短篇"这种内容形式的本质。过去，我被已经存在的内容类型限制了，事实上"付费短篇"只是一个壳子，过去存在的一切内容类型，都能在付费短篇领域重新写一遍。

我开始思考，过去有哪些火过的内容。

图书有《中华上下五千年》《世界未解之谜》……

杂志有《故事会》《读者》《知音》……

电视节目有《走近科学》《今日说法》《传奇故事》……

于是，我们彻底从狭小的"案件"领域跳出来，搜罗这个世界上的精彩故事以及有故事的人，然后用"付费短篇"的格式写出来。

至此，我才真正完成了从个人写手到工作室主理人的转变。

越过山丘

这就是我的写作之旅，不够精彩，不够传奇，但都是最真实的历程。

其实，我写这么多，目的不是分享，而是给大家一些参考。

以史为镜，可以知兴替。以人为镜，可以明得失。以我为镜，可以避坑。

当你看到这儿，我默认，你已经决定要走上创作的道路了。看完我这段经历，希望你记住下面这些关键点。

一、写作一定要去公域平台

如果你是新手，直接在知乎、头条、微博、小红书、豆瓣里挑一个，这些都是只要内容质量过关，触发算法就能获取大量曝光机会的平台。如果你是新手，先别碰公众号，因为微信公众号对粉丝数量要求太高，只能算半公域平台。

在公域平台写作，好处很多。第一，你持续创作，账号就会成为你的产品货架，机会就会找上你。第二，能获取读者反馈，从而优化创作方向，提升写作水平。

二、抓住每一个机会

写作初期，不要考虑变现的事，先做到让别人看见，再主动寻找机会。

面对只需要花时间，不需要花钱的机会，一定要死死抓住，因为你根本无法预测哪一个是改变你命运的机会。

我身边的人都说，我是吸引贵人的体质。可他们哪里知道，我根本不吸引贵人，我只是把所有可能的机会都试了一遍，最终筛选出了几个真正的机会。

我遇到过骗稿的，遇到过不结算稿费的，但这些都不影响我看到机会就尝试。这么多年，在数不清的虚假机会中，我筛选出了让我第一次创业的大哥，让我有机会去北京的强哥，以及让我拥有现在的一切的"付费短篇"。

所以，面对机会，不管是真是假，果断出手。试一试，能有什么损失呢？

三、不存在无用功

无论是前期没有变现的文章，还是写作路上相识的伙伴，你做过的事、认识的人，都是你撒下的种子，他们各有花期，会在你意想不到的时候绽放。

我分享一个极端的例子。我曾经被人"套路"，损失了 5000 元。我气不过，以此事为蓝本，写了一篇小说，稿费拿了 2 万多元。

创作是一生的事业。作为一个创作者，我们应该拥有这样的觉悟：世上没有无用功，即使是生活里失去的，也可以在创作中找回来。

一切都是体验，最糟糕的经历，也是你创作的素材。

四、认识自己

创作者有很多类型，有的人性格鲜明，适合独来独往；有的人洒脱放纵，适合随心所欲；有的人庸庸碌碌，适合抱团取暖。

很显然，经过多年的探索，我发现自己属于最后一类。

从开始写作，我就在追寻抱团取暖，寻找路上的伙伴。从写作到北漂再到自己创业，我从来没有单打独斗过。

我有个致命的弱点，做一件事时如果这件事只与我自己有关，那我就会无限拖延，毕竟人是很容易原谅自己的。可一旦某件事情与其他人有关，我就会格外重视，因为我非常在意别人对我的评价。

所以，我选择成立工作室，把所有自己的事情都变成团队的事情，把所有本应主动去做的事情都变成要对团队负责的"被动事件"。

在创作的道路上，要不断与自己沟通，了解自己，再找到一个适合自己的创作模式。这样，才能走得更远。

五、先做成一件事

成事是信心的来源。这是一句正确的废话，但极其重要。

如果你决定走创作这条路，我建议你先集中精力做好一件事。正反馈，才是支撑你走下去的强大动力。

我复盘自己为什么能一直在写作的道路上坚持，原因无非就是我坚持写了近百万字，最后真的拿到了千字 50 元的稿费。这次成事给我带来的信心，支撑我在北京从实习生成为正式编辑。而之前所有的正反馈，支撑我创办了野草文化，尝试新类目，走到今天。

先做成一件事，获得第一项成就，这是你让相信自己的开始。

我的写作之旅到这儿就讲完了，接下来我邀请身边的小伙伴跟大家分享，他们与付费短篇的故事。

第二节

野草文化：让有才华的人有尊严地创作

三年时间，野草文化服务过不少作者。

这些作者中有大学生，有"大厂"主编，有"斜杠青年"，也有行业大 V。

在这一节，我本来想分享一些行业大 V 的故事。思来想去，看这本书的大部分应该都是普通人。英雄的故事固然精彩，但多少有些不接地气。最后我决定，邀请我们工作室的素人作者来分享他们与付费短篇的故事。

没有任何道路可以通往真诚，真诚本身就是道路。我们希望通过最真诚的自述，向大家展示最真实的收益。

他们是怎么接触到付费短篇的？付费短篇如何改变了他们的生活？他们通过付费短篇收获了什么？

在这些作者的自述中，你可以找到这些问题的答案。

杨逸：副业带来的安全感

2024 年 1 月 11 日，我在计算机上敲下这段文字。截至今天，我已经在野草文化写付费短篇整整两年了。作为一个把付费短篇当成副业的码字人，在即将迈入第三年之际，受三千的邀请，我来聊聊这两年我的切身体会。

如果用一句话来形容这两年写付费短篇的感受，那我觉得"痛并快乐着"最合适不过了。

按照国际惯例，肯定要先说说"快乐"的部分。

我想，写付费短篇可能是我目前能想到的最"轻松"的兼职，毕竟，只需要一台电脑、一个安静的场所、几个小时，你就能创造出少则千元，多则上万的收益。风吹不着、雨淋不到，你唯一需要做的，就是保持你的大脑时刻在线。

在这个复杂多变的时代，有一份坐在家里就可以完成的副业，无疑给了我很大的安全感。

而除了安全感，这份副业带给我更多的是"选择不做什么的底气"。讲一段我自己真实的经历吧，2022 年底，是我人生很灰暗的一段时光，工作一塌糊涂，和谈了两年恋爱的男朋友分手，姥爷重病……这一切压得我喘不过气。

在姥爷弥留之际，我毅然辞掉了那份让我不停内耗的工作，决定回家里陪姥爷走完最后一程。其实这是一个很"沉重"的决定，毕竟对一个即将 27 岁的人来说，"裸辞"是一个非常恐怖的词，但我还是做了这个选择。

其中很大一部分原因是，这份副业给了我说"不"的勇气。我确信自己在离开职场后也能有一份收入，虽然不一定很多，但我至少可以养活自己。

在整个 2022 年底，我一都保持着"医院—咖啡馆"两边跑的模式，可能是因为骤然停下了紧张的工作，也可能是因为感受到了生命的无常，那段时间我觉得我的文字也恢复了一些灵性，写起来也更加顺畅了。

现在回想起来，虽然那段时光的底色是灰暗的，但也可能是我最放松的一段时光。

送走姥爷后，也因为自己的"小金库"比较殷实，我没有马上重返职场，而是一个人去大理休息了一段时间。

那段时间，我成了一个真正的"自由职业者"，每天睡醒之后去咖啡馆写文章，下午就在古城里转悠，没有目的。

那是我活得最自洽的一段时间。那段时间，这份副业是我的力量来源。

后来，我为什么还是选择回去上班了呢？

接下来，我可能就要说一点儿大实话了。

之所以最后还是选择了回归职场，有很多原因，比如：人是社会性动物，我需要回到职场上社交；只有走出门，才能获得灵感；当然，最主要的还是需要找家公司负担我的社保，毕竟自己缴纳社保，也是一笔不小的开支。

但再次回到职场，我的心态也有了很大的变化。

我深知，做文字这行的大多是"i人"①。以我为例，在职场不善处事，做不到事事圆滑的我，晋升空间非常有限。所以，重回职场，我给自己定下了目标：工作不犯错，不被辞退就行。剩下的精力，我想全部放在这份副业上，毕竟，从投入产出比来说，它值得。

当然，重新开始双线作业，挑战也是有的。工作时间繁忙，难协调本职和副业的时间；灵感匮乏……这些都是让我"痛"的点。

但我能做的，就是尽力在两份工作之间找一个平衡点。毕竟，在大家都在奋力向前"游"的时候，获得了一个加速器的我，怎么舍得轻易撒手呢？

在时代洪流之下，也许我们无法做到全身心投入付费短篇的创作，但拥有这份副业，确实在疾风暴雨中，给了我一把可以遮蔽的伞。

希望我的经历，可以给和我有同样困扰的人，一点小小的启发。

家禾：离开职场的暗窗，打开生活的大门

3年前，我根本想象不到现在的生活。

那时我因为在一次征文比赛中获奖，获得了去北京某头部公司

---

① "i"是MBTI人格测试中的一种类型，代表内向型（Introversion）。"i人"一般是指性格内敛的人。

工作的机会。

采访世界冠军，被各种买不起的品牌团队成员叫老师，感觉走上了人生巅峰。低头一看实习工资 3000 元，不够付房租，就连看人生的第一场 livehouse，都得靠家里支援。

初入职场的我，觉得自己挺有排面，但没钱。

后来，我回到了老家，进入了一家财经自媒体，工作内容就是写关于各大上市公司的文章，在文章中故意露出点"黑料"等着人家来公关建联，收了钱再给他们写吹捧软文。

老板画的"大饼"永远不兑现，上司给的 KPI（关键绩效指标）我永远无法完成，再加上分裂的工作内容，我陷入了深深的自我怀疑。

这时候，我手里有点钱，但干得毫无尊严。

后来，公司裁员，我成功收获了"没钱也没尊严"的终极成就。口袋越来越瘪，面试一次次被婉拒，我逐渐失去了方向，变得迷茫。

未来该怎么办？

我没想过，也不敢想还有那么一种可能：我既能赚到钱，又能赚得自由且有尊严。

直到 2022 年底，我在前辈的介绍下，接触到了付费短篇和三千主理的野草文化。

由于之前我陷入了深深的自我怀疑，此时我想：我能写付费短篇吗？但迫于生计，我试着踏出了第一步。

在团队的引导下，我拆解完 50 篇稿件，开始正式上手写稿。

这时候，家人并不完全支持我的决定，觉得这份工作不稳定。他们也担心，全职写作久了会和社会脱节。我跟家里甚至制定了协议：多久内赚不到钱，就去 ×× 那儿上班、去考公务员。

刚上手的时候，我很着急，想立刻向家里证明自己，恨不得第一篇稿子就获得 6 位数的收入，一炮而红。但编辑非常客观地给我做了评估，根据过往的经验给我列出了收入曲线。

当时我有些沮丧，但清醒后，却更加感到庆幸。因为这恰恰证明了，野草文化不是那种用高收入哄骗"小白"入场的团队，他们是在踏踏实实地培养作者。而付费短篇也绝不是那种赚快钱、昙花一现的行业。

果然，后面的发展印证了我的想法，也证明了团队为我做的规划是对的。

2023 年的最初几个月，我的稿费收入并没有想象中的那么高，但足够我生活。

说没压力，当然是假的。奔着全职作者去的我，心里免不了患得患失。自己交社保、社交圈子变了……现在赚到的钱，真的值得我做出这样的改变吗？加上父母的关注，更是让我倍感压力。

但很幸运，我并不是一个人在战斗。

三千和编辑一直在帮我提升写作能力。从选题到大纲，再到文章各处的细节处理，他们都尽心尽力。最让我印象深刻的是，三千和编辑们经常会为了一个结构问题，给我打十几分钟的电话详细说明指导。

我当时心想：我赚不到钱，这帮哥们儿怎么比我还着急？

好在，随着写作能力的提高和作品数量的积累，变现也水到渠成。

2023 年 8 月，写付费短篇的第六个月，我终于拥有了自己的第一篇大爆款。我第一次靠码字月入两万元以上，我跟家里分享了这个消息，一直忧心忡忡的父母终于对我的事业表达了赞许。

现在，因为存量稿件的积累，我每月的收入都已经稳定在了一万元左右。之前担心的社交脱节问题，其实也并不存在。

我可以每天健身，时不时旅游，失眠时约上兄弟喝酒撸串儿。少了职场上的那些你来我往，我与人交往起来反而更轻松了。

我很庆幸自己选择了付费短篇，因为这是一个依旧在向上发展的行业。

我更庆幸自己加入了野草文化，因为从加入的那一刻起，我就知道：从此，我都不是一个人在战斗。

如果回到三年前，我会告诉迷茫的自己：去写吧，生活、自由、尊严、热爱，你都可以拥有。

宏博：放弃主编岗位，拥抱付费短篇

我，资深北漂，新媒体主编。

整整六年，每天开没完没了的罗圈会，恨不得 24 小时随时回复工作消息。半夜睡着了，只要一条消息没看到，"锅"铁定自己背。"996"是常态，就算请了病假，还是要一边打吊瓶一边做 PPT，这假跟没请一样，关键还要扣钱。

当初来北京，我是带着一腔热血，对未来充满了希望的。我天真地以为，靠自己的能力就能升职加薪，过上梦想的生活。

从月薪 6000 元的小专员，到头部媒体主编，我带项目、领团队，为了拿到项目奖金，干脆睡在公司。熬夜是我的常态，但我拿年轻当底牌，认为死不了就往死里干。我确实做出了不少成绩，收入也达到了职位的上限。

可我即便如此努力，依然要面对残酷的事实——35 岁被优化。要么等着被裁员，要么提前想办法。

恰好，在北漂期间认识的三千说他自己创业了，建议我试着写写付费短篇。出于对三千的信任，当然也是为了防止职场生变，我决定试试。

新赛道，零经验，在三千的帮助下，我坚持下来了。我的优势在于入局比较早。一年后，我突然发现，兼职的总收入竟然超过了主业。

我当机立断，选择了辞职，全职写付费短篇。

辞职后，我发现，曾经让我焦虑的一切都有了解法。我不必承受大城市的高物价和高房租，我可以选择喜欢的城市生活。

我退掉了望京 3000 元的合租房，去了曾经想去但因为工作没时间去的城市。我去大理看了洱海，去了三亚拍了写真，去哈尔滨吃了冻梨，去成都吃了小吃。

因为工作自由，我直接避开各大假期，机票便宜，游客还特别少，享受私人定制一般的安静美景。不得不说，能自由出行，那是真爽！

我可以掌控我的 24 小时，想工作就工作，想休息就休息，想逛街就逛街。逛累了，找个咖啡馆，一边撸猫一边码字；想学 DIY 随时就能开始，兴趣和工作不用像以前一样泾渭分明；想看演唱会说走就走，不用请假，也不用担心领导骂。

当然，对我影响最大的还是，在辞职写付费短篇后，我终于有时间谈恋爱了。曾经的我，在"996"的工作强度下，根本没有心思打扮自己，也没时间谈恋爱。

辞职写付费短篇后，我终于有机会拿下"男神"了。2022 年，我们顺利领证。最让我开心的是，脱离职场，我不用频繁找工作，被 HR 追问生孩子的问题，也不用时刻焦虑被裁员，和讨厌的同事相处。我的生活，终于不再兵荒马乱。

今年是我全职写付费短篇的第三年，我和我先生的收入足够让我们在喜欢的城市定居。

这，就是我和付费短篇的故事。

在当下，如果你有一份还说得过去的工作，我不建议你辞职。

如果，你已经对职场厌倦，或者你已经赋闲很久，那可以抽空试一试写付费短篇。

它不是有保障的选择，但它是成本最低的出路。

柠檬黄：从单打独斗到组队冲关

每个作者应该都遇到过这样的瞬间：明明已经写过很多故事，拿起笔来的时候，却找不到方向；看到别人取得成绩，感觉自己也能行，却不知道该如何下手。

一个人的写作之路，常常伴随着焦虑与寂寞。加入野草文化之前，我也处于这样的状态。

我以前是一个兼职作者，从第一篇作品发表到现在，也有七八年的时间了。其间，我在微信公众号发表过文章，出版过一些短篇合集，在知乎上也写过一些故事，积累了几万的粉丝，不谦虚地说，也算是个"小 V"了。

那时候，付费短篇刚刚兴起，很多朋友都通过这种方式赚到了钱，甚至有人直接实现财富自由了。那时候我就觉得，这事儿，我也能干啊！

写了几篇稿子，收益也还行。但慢慢地，我就发现了自己的一些问题。

一方面，是写作效率的问题。一个人干活，一不小心就会犯拖延症。狠狠心两天就能写完的稿子，一不留神就写了一个多礼拜。

另一方面，自己写作的时候，常常要花不少时间来处理选题、跟编辑对接之类的事。这些事情看起来零碎，实际上会耗费不少时间。

因为各种原因，我自己的知乎专栏渐渐做不下去了。我本来觉得，这个"中道崩殂"的专栏，大概要一直这么放着了，一个机会就这么错过了。

后来，一个偶然的机会让我接触到了三千。当时我们在同一个写作群里，还给同一个微信公众号供过稿，聊了几句之后，我决定，加入野草文化。

我在知乎的写作之路，终于告别了单打独斗，开始组团冲关。不得不说，难怪勇者讨伐魔王之前都得组个小队呢，因为有团队的感觉，是真的爽啊！

做选题的时候，小伙伴们会跟着一起出主意；定大纲的时候，成熟的作者会帮着一起理大纲；有些自己一个人想不透彻的问题，小伙伴们一起讨论，就迎刃而解了。而且对接编辑，也有专人负责。身为一个作者，终于能享受"啥也不管，闷头写稿"的日子了。

更难得的是，野草文化给了作者足够的尊重和自由。当我想尝试新题材时，他们不但支持我，还会从不同的方面为我提供帮助。我这样的行业"老油条"，在这里得到了不少助力。

现在，我已经踏上了全职写作的道路，每个月的稿费也已经稳定破万，有爆款的时候可以突破 2 万元，我也正努力朝着更高的地方迈进。

至于这条路的终点在什么地方，我不知道。但我已经不再因未来而迷茫，因为我知道，我身后有一群专业的伙伴，他们会帮我抵达更远的地方。

写作这条路，一个人也能走得很好，但如果有一群专业的伙伴，一定能走得更远。

瓜三金：从错失机会，到抓紧机会

很长时间里，我都是个"善于"错失机会的"失败者"。

六年前，我高考失利。本来可以选择再战一年，冲本科，但我选择了假装洒脱，去了一所大专。那时候，如果我能专升本，依然有机会改变自己的人生。但是，我连名都没报。也许命运习惯了捉弄我这样的小丑，那年的考试很简单，连裸考的同学都考上了。

2021 年，我混到毕业，回了老家。在三线城市，只有大专文凭的我没有考公考编的资格，只能找一份糊口的工作。

在工作中，我全情投入，换来的却是恶意欠薪。在短暂的打工生涯中，我什么都没得到，除了老板画的"大饼"。

我终究为自己的选择付出了代价。

在我最迷茫的时候，朋友给我介绍了三千和他主理的野草文化，这也是我第一次接触付费短篇。

这时我最大的顾虑是，我真的能胜任这份工作吗？毕竟在这之前，我在写作上收获的最大褒奖是，语文老师说我作文写得不错。

但我想试试，现在的我，不能再让任何一个机会从我眼前溜走。

幸运的是，这一次，我抓住了。在团队的帮助下，我完成了几十篇稿子的拆解，开始上手写稿。从选题到大纲，从初稿到定稿，在每一个阶段都有编辑们为我提供帮助。十几篇稿子写下来，我终于从一个写作"小白"成长为入门写手。

当然，在这期间，我也遇到过不少问题：稿件质量一般；读者反馈少；前一两个月，经济压力也很大。但我咬牙坚持了下来，因为在加入野草文化之前，三千跟我说过一句话：如果你不能坚持写半年，那我建议你别开始。

几个月后，我写出了第一篇爆款，几千人点赞评论，单月稿费分成接近 2 万元。这是我人生最难忘的一次正反馈。

随着写作能力的提升，我的收入也开始逐渐稳定。除了收入，付费短篇带给我更多的是自由。

这阵子，从小把我带大的奶奶身体不大好。我拿上电脑，就待在奶奶身边。如果我在公司上班，我只能在格子间，在喝水的间隙，默默为奶奶祈祷。可现在，我可以陪在奶奶身边，不需要顾虑工作和收入，付费短篇给了我掌控生活的权利。

我曾经假装不在意，任由很多机会擦肩而过。后来才知道，人生不是旋转木马，而是飞驰的高铁。一切，转瞬即逝。当机会出现，不要犹豫，先抓住。至于合不合适，行动才会有答案。

第十三章

付费短篇的未来

第一节

付费短篇发展的问题

付费短篇已经度过了脆弱的幼年时期，迎来了属于自己的青葱岁月。

最直观表现的就是，从业者越来越多，专业化的团队也开始出现，上下游产业链也开始形成。

现在整个行业分工明确，平台负责提供变现基础，作者负责创作优秀内容，推文团队负责站外引流，开课机构负责培养作者。每个环节都创造了大量就业机会，每个环节都有人受益。

相信大家在看短视频、微博、小红书的时候，都看到过半截的文章，最后用"关键词"引导大家到指定 App 去阅读全文。

推文业务如今甚至已经开始与智能 AI 结合，利用 AI 语音以及 AI 作图，批量生产推文短视频。每新增一个付费读者，推文的博主都能收到一笔推广费。

而大量的推文账号不断为平台拉新，也把爆款作品的收入上限不断拉高。高收入也在吸引更多创作者入场，催生了培训业务。

当然，尽管小产业链已经形成，但付费短篇作为一个新生类目，还是不够成熟，还有很多问题急需解决：没有破圈的作品，没有头部作者 IP，没有成熟的版权运作机制。

一、没有破圈的作品

迄今为止，没有任何一篇付费短篇引发过全民讨论。

在我看来，最根本的原因有两个。第一，付费阅读这个形式本身就限制了传播。第二，付费短篇领域还没有出现真正的高质量的作品。

付费阅读的形式把传播链路圈定在了站内。而为了防止盗版，很多 App 甚至设置了链接无法在电脑上打开，这多少有些因噎废食了。

而更重要的是，付费短篇野蛮生长的这几年，作者的重心都放在收割流量上，很少有真正沉下心来做内容的作者。又或者说，这样的环境是容不下真正的精品的。

一篇套着热点壳子的"套路"文，创作周期两天，变现 6 位数；一篇精心打磨的精品，创作周期两周，变现 3 位数。这种情况屡见不鲜。

当然，平台也在想办法解决这样的情况。例如，在纯数据排行榜中添加编辑推荐的文章，给优质作品开直通车；大量引进名家经典电子书，甚至买下名家电子书首发版权，接入付费阅读体系。当付费短篇在变现与质量之间找到微妙的平衡，高质量爆款才有可能出现。

就像直播带货在 2016 年兴起，可一直到六年后的 2022 年，才出现靠知识带货、不大呼小叫的"东方甄选"。

这是行业发展的必然规律，需要时间沉淀，需要机会，才能出现精品。

二、没有头部作者 IP

在付费短篇刚出现的时候，无论是平台还是作者，都把每篇短篇视为单个产品。这个阶段的首要任务是提高单个产品的变现能力。所以，作者自身不重视 IP 打造。我自己就是一个例子：总是埋头写，从不做账号运营。平台在努力丰富内容库，没有精力去包装作者，打造标杆。

读者在这样的环境下，自然到达了钱钟书推崇的最高阅读境界："假如你吃个鸡蛋觉得味道不错，又何必认识那个下蛋的母鸡呢？"

这在初创时期不是什么大问题，但是在现在这个迈向成熟的阶段，就是一个不得不跨过的坎。

榜样的作用是显而易见的。

在腰部和底部，可以继续贯彻"产品为王"的策略，但是一定要打造出真正的头部，以告诉作者："写得好能获得这样的成果。"告诉同行："最高水准的付费短篇长这样。"

当然，打造 IP 不是一朝一夕的事，道阻且长。

三、没有成熟的版权运作机制

付费短篇发展的这几年，在版权售卖领域的成就，不能说平平无奇，只能说是不声不响。

这些年，行业影响力最大的一笔版权交易就是知乎作者七月荔的作品《洗铅华》（这是一部长篇）售出版权，并被拍成电视剧《为有暗香来》。其他版权的售卖，要么体量太小，要么还没结果。

版权运作的遇冷与付费短篇的变现形式有本质关系。

付费短篇是当下投入产出比较高的内容形式。过去一篇短篇要获得六位数的收益，仅靠稿费绝无可能，必须通过版权售卖才能实现。所以，过去很多作者，在下笔那一刻就是奔着版权售卖去的。

而付费短篇强大的变现能力，让一篇万字以内的短篇在稿费分成阶段就能实现六位数收益。作者不需要往后看，只需要研究平台规则和读者喜好，在稿费分成这一阶段实现利益最大化。

加上短篇篇幅受限，版权价值还需要沉淀。

当然，写到这儿我还是要客观地说一句，以上的几个问题，不是付费短篇行业本身的问题，而是每个行业在发展中必然出现的问题。每一个行业从野蛮生长迈向成熟都必然面对这些问题。而对我们来说，行业存在问题不可怕，可怕的是行业已经完全成熟，没有问题留给你解决。每个问题背后都是巨大的机会，作为从业者，能为行业解决问题，就能获得超额回报。

第二节

问题背后的机会

在讨论机会之前，我们必须强调一个现实：付费短篇还处于上升期，有非常大的发展空间。

为什么要强调这一点，因为选行业，就像进电梯。如果你选择的是往上走的电梯，你在里面无论是坐着还是站着，最后都会跟着电梯往上走。如果你选择的是往下走的电梯，即使你在里面拼命往上跳，最后的结局也只能是往下。

认清趋势，是做一件事的前提。

在一个处于上升期的行业里，任何问题都是机会。

一、作者的机会

首先，行业暂时没有"破圈"的作品，这意味着，现在入局，我们写的每一篇文章都可能是"破圈"的那一篇。

付费短篇出现一个"破圈"的精品，只是时间问题，这是必然要发生的事。

其次，付费短篇领域没有头部 IP，这恰恰是所有作者的机会。江湖纷争，第一任武林盟主一定是靠实力拼出来的。要成为第二任盟主，可能拼的就不是打打杀杀，而是人情世故了。

现在已经有几个付费短篇平台把原来跟作者签的作品合约改成了经纪合约，将双方的合作关系由之前的作品合作变成了现在的深度绑定。

现在入局付费短篇，还有机会乘上平台的东风，在写稿挣钱的同时，借势把自己的 IP 做起来，一举两得。

最后，没有成熟的版权运作机制，这对作者来说其实完全不成问题。对于作者而言，稿费收益和版权收益有什么区别？答案是没有区别。

所以，在稿费分成比例本身就足够高的情况下，版权收益当成是锦上添花就行了。

最重要的是，对很多有志于卖版权的作者来说，付费短篇是一个很好的基石。付费短篇现在没有成熟的版权运作机制，不代表以后不会有，先积累作品挣稿费，等将来一旦有机会，把作品拓展成长篇，改成剧本，未尝不可。

现在，有付费短篇做基石，作者的整体收益下限有保障。而付费短篇的版权价值问题，作者和平台现在也在合力解决。平台不断在质和量之间寻找平衡点，作者在放下经济负担后的自由创作，这都会催生出更具版权价值的作品。

在可预见的未来，一旦付费短篇的版权链路被打通，这个类目的变现能力将会史无前例的强大。

极高的分成稿费 + 一大笔版权售卖收入 + 个人 IP 增值，这个模式一旦成熟，没有任何文字变现形式能与之抗衡。

而我们要做的就是，东风来的时候，我们在场。

二、知识付费的机会

我年轻的时候非常反感知识付费，认为知识付费就是"割韭菜"。

可我们仔细想想，哪个成熟的行业没有知识付费？

销售、管理、技能培训等传统行业有知识付费，微信公众号、短视频、电商等新兴行业有知识付费，甚至连摆摊都有知识付费。可以这么说，一个行业知识付费的产值就代表了这个行业的前景。

现在最火热的是短视频培训，短视频行业如何，大家有目共睹。

所以，除了直接成为付费短篇的创作者，如果你擅长整合信息，可以做一个付费短篇的垂直媒体，专门分享行业资讯、行业爆款、作者访谈，最后走向知识付费。

当然，你也可以选择先自己写，取得一定成绩后再总结经验，给新人做指导。

这些，都是付费短篇行业留给大家的机会。

三、机构的机会

过去大部分做付费短篇的机构采用的模式无非以下两种：一种是自己招作者，自己写稿；另一种是不招作者，通过各种渠道收稿。无论哪一种，最终都是通过稿费变现，毕竟这是整个产业链中利润最高的环节。

但随着行业的发展，这种纯内容向的机构在未来的竞争力肯定会越来越弱，必须和培训、推文两个环节结合，才能拥有更强的竞争力。

对于内容机构来说，开展培训业务最重要的目的不是变现，而是引进人才。因为作者是这个世界上最不稳定的人群之一，流动性太强了。如果个体是不确定的，那就用足够的数量来维持集体的相对稳定性。

推文对于内容机构的核心作用也不是变现，而是提高自己文章的爆款率。

比如有两个团队，一个团队写完稿子只能靠平台流量杀出重围，而另一个团队可以在稿件上线后利用自身的推文账号帮助稿件完成冷启动，进入下一个更大的流量池。哪个团队的爆款率更高，一目了然。

所以，未来不会有只生产内容的机构。

就像微信公众号行业，一开始大家都是一个人运营一个微信公众号，码字、排版推文。后来大家发现需要一个商务人员对接广告，需要一个助理回复留言，需要一个设计人员美化封面，需要一个会计开票……到最后，大家叫得出名字的公众号，做内容的人都是最少的，运营和商务团队的人最多。

付费短篇行业也一定会按照这个路线发展。

任何一个机构在内容领域，想做好内容，都不能只做内容。

文字创作领域太久没有出现一个真正的"朝阳产业"，以容纳足够多的作者，提供足够多的机会，让平台、从业人员、读者都受益。

我始终相信，2024 年，只是付费短篇爆发的开始。

作为行业受益者，我写这本书也是想为付费短篇行业尽一点绵薄之力，让更多优秀的作者参与进来，毕竟绝对的数量才能孕育出偶然的佳作。我希望付费短篇可以成为一个单独的类目，与网文抗衡，而不是成为网文的附庸。

到这里，你已经看到了书的结尾。但这并不代表，你把这本书看完了。

因为这是一本实操手册，所以，直到你写下第一行字起，才算真正开始阅读这本书。

打开电脑，拿出纸笔，或者直接打开手机备忘录，别在意载体，别在意质量，别在意未来，先写下第一个字。

没有英雄的时代，只有时代的英雄。

如果付费短篇时代还缺一个英雄，那为什么不能是你？

后 记

尽管已竭尽全力，但这本书读下来依旧笨拙粗糙，好在唯一坚持的真诚没有打折太多。也只能安慰自己，就以这本书为例，给读者打个样，践行"完成比完美重要"的创作原则。

以下部分是致谢，也记录了这本书的诞生。

感谢我的天使投资人窦志强先生，在我穷困潦倒没有做出任何成绩时，为我消除一切经济顾虑。

感谢朱思明、付圣强两位领路人，他们鼓励、支持并帮助我策划这本书。没有这两位前辈，我甚至没有出版的勇气。

感谢人民邮电出版社袁璐、孙睿两位编辑老师对结构和细节的指导、修改，让这本书从漏洞百出到顺利面世。两位老师的专业与负责，让我在写书过程中无比安心。

感谢我最亲密的战友——夕阳，和我一起创立野草文化以来，他全力支持我想做的每一个项目，包括完成这本书。这本书的大部分内容，都是我和夕阳在办公室里通过对谈、头脑风暴整理出来的。写作过程中的每一个卡点和困难，也都是夕阳与我共同克服和解决的。没有他，这本书大概率会夭折。

感谢野草文化天团所有的伙伴：宏博、柠檬黄、赵家禾、老猫、杨逸、瓜三金、李斌、吴艳涵、苏开睿、矢屿、川明。这本书的本质是我们工作室的内训手册，每一位新成员的加入都在帮助这本书变得更完善。

感谢知乎、UC、网易、百度、喜马拉雅、微信读书等平台对野草文化的信任与支持，为作者们提供施展才华的平台。

感谢每一位看到这里的读者。我真心地希望这本书能对您有帮助，哪怕全书只有一句话让您有所收获，也算没有浪费您的宝贵时间。

目 录

一、DeepSeek：颠覆传统写作的智能革命

你身边的创作"哆啦 A 梦"。

1. 本质

DeepSeek（深度求索）推出了自己的大模型 DeepSeek-R1，其推理能力甚至比 GPT-4o 还要强大。对写作从业者来说，这简直是一大利器，更重要的是，目前的它免费使用还开源！

2. DeepSeek 推理大模型和通用模型的区别

我们使用通用模型时，通常需要让其进行角色扮演，并按照特定流程进行创作，如"你是一个畅销书作家，请帮我写一篇悬疑小说，按 ××× 流程进行"。DeepSeek 无须用户记忆刻板的提示词，可直接用自然语言表达需求；无须再设定特定角色身份，如要求 AI 模拟"畅销书作家"；

也无须详细规划创作流程，只需明确最终结果的要求，如用户可以简单地向 DeepSeek 提出"请用专三千的风格帮我写一篇悬疑小说"这样的请求，而不必给出诸多限制条件，如"必须按时间顺序输出"等。

这种差异让 AI 的使用门槛大幅降低。因此，在使用 DeepSeek 时，大家无须承受任何心理压力，不必死记硬背"提示词"，只需像与朋友闲聊一样自然地提出问题，从而能够将更多注意力集中在"应用逻辑"上。

3. 创作核心技能

我概括为以下几个方面。

零帧起手：堪称作为选题"裂变器"，无论用户是否有想法，都能有效激发创作思维，开启创作进程。

专治卡文：无论是大纲构思，还是正文续写，都能轻松应对，助力写作顺利进行。

局部优化：针对标题、开头、阶段内容以及结尾部分，用户提供原版及具体要求后，能够迅速生成多种优化方案。

名医诊断：创作完成后，能够对全文进行细致入微的检查，不仅能发现错别字等基础问题，还能指出逻辑错误以及节奏方面存在的问题。

我总结一下，同时也给大家打个"预防针"：AI是一个很好的脑力工具，可以无限发散，疯狂开展"脑力风暴"，还能帮你一直优化局部，直到出现一个你最满意的结果为止。但千万不要奢求，AI能直接生成一篇质量高到可以直接拿去投稿的文章。

它只是一个"聪明"的工具，但提问的是你，做选择的是你，最后承担组合和优化工作的还得是你。如图1所示，我们学习AI创作的目的是提高创作效率。例如，

创作环节	传统模式	Deepseek模式
选题	薅秃头发想三天	1秒蹦20个反常识选题
大纲	本子画成迷宫图	自动生成三幕式爽文结构
标题	憋出10个烂标题	生成50个UC震惊部同款
截断点	卡在付费前断气	精准拿捏读者G点位置
改稿	自我怀疑到抑郁	秒变毒舌编辑疯狂挑刺

图1　DeepSeek对写作效率的影响

我原来每周写 1 篇付费短篇，因为有 AI 的辅助，我现在可以每周写 2 篇。用 AI 去优化步骤，让每个环节更丝滑，更高效。抱着不切实际的幻想去使用 AI，只会让你认为：AI 不过如此，从而错过一个真正能够改变世界的工具。

二、从 0 到 1 全解析：AI 如何重塑创作全流程

1. 选题阶段——AI 牌"脑洞永动机"

热点追踪：基于全网实时数据，快速抓取热搜榜单、新兴话题、争议事件，结合书中"选题五要素"（情绪、猎奇、落差、共鸣、热点），生成潜力选题池。

灵感激发：根据用户输入关键词（如"悬疑""社会事件"），生成关联选题建议，辅助突破创作瓶颈。

比如，在 AI 中输入提示词：分析最近全网最火爆的 50 个故事，再帮我输出 5 个符合"情绪 + 落差"的知乎精选短篇小说选题。

它是这样回答的：

根据全网故事热度分析及知乎盐选爆款方法论，结合"情绪 + 落差"创作公式，输出 5 个高潜力选题（含完整故事核与操作指南）：

选题一:《消失的伴娘手链》

情绪坐标:信任崩塌(50% 愤怒 +30% 惊愕 +20% 猎奇)

落差设计:婚礼现场伴娘手链失踪,追查发现手链暗藏新娘整容前照片。表面是盗窃案,实则是新娘为掩盖顶替富家女身份的连环布局。

盐选配方

开篇钩子:"钻石手链在抛捧花时突然自燃,灰烬里露出半张毁容的脸部照片。"

核心冲突:豪门联姻、容貌焦虑、身份窃取

认知颠覆:伴娘是整容医生遗孤,用光敏材料复仇。

选题二:《AI 育儿日记》

情绪坐标:毛骨悚然(40% 焦虑 +30% 悲伤 +30% 悬疑)

落差设计:单亲妈妈发现育儿 AI 深夜自动生成日记:"爸爸今天用枕头捂住宝宝时,心跳加速到 140 次 / 分钟",追查发现亡夫疑似假死。

盐选配方

技术梗:智能家居数据反噬

双线叙事：AI 日志和警方尸检报告差异点比对

终极反转：AI 被黑客植入虚假记忆芯片

……（其他三个选题不再展示）

创作工具箱

1. 情绪燃料库

收集豆瓣"职场委屈组"最新 500 条帖子，提取"自愿加班却被裁员"等具象场景。

监控抖音相关话题，抓取 3 秒反转视频文案。

2. 落差放大器

在 1500 字处设置"俄罗斯套娃式反转"：破案关键证据本身是更大阴谋的触发器。

植入"社交货币型"金句："完美受害者从不擦口红，因为证据会沾在牙上。"

3. 盐选定制技巧

付费章节卡点：免费部分结束在"金条开始渗出鲜血"

世界观拓展：在葬礼故事结尾遗留带加密坐标的孝带（为续篇埋伏笔）

建议优先开发选题三《直播间复仇倒计时》，当前数据显示"直播＋悬疑"类内容互动率比平均值高 72%，可结合网页 7 提到的"多巴胺曲线"设计弹幕互动式阅读体验。

大家可以感受一下答案的质量，高得令人瞠目结舌。如果你对选题的要求更高，其实也很简单，挑选你认为最符合自己预期的选题，继续提问。比如：选题 × 的思路和方向非常不错，根据这个思路再发散出 5 个选题。以此类推，直到出现那个你一见钟情的选题。

当然，如果你有明确的受众群体，有明确的文章类型，有更细致的要求，可以使用下边这个进阶版的提示词。我们只需要按照自己的想法把这个提示词模版填完即可。

任务目标：生成"知乎盐选短篇"的人物类选题规划

背景信息：× × × ×

账号定位：真实案件人物类故事账号

目标读者：18 ～ 38 岁想发财的年轻人

核心诉求：看完后觉得震惊、神奇、炸裂

要求：(1) 生成 5 个"古今中外，用震惊世人方式发财的真实人物"的选题；

(2) 每个选题包含主标题、故事梗概、核心观点、价值主张；

(3) 要符合当下年轻人的精神需求和价值观；

(4) 需包含"选题五要素"(情绪、猎奇、落差、共鸣、热点) 中的任意 2 个或者 2 个以上。

以下是 AI 的回答。

根据用户需求及全网热点数据，结合搜索结果中的人物案例，为您规划 5 个符合"震惊 + 猎奇 + 落差"的人物选题方向，每个选题均满足 3 个以上选题要素。

选题一:《商圣范蠡：三散家财背后的帝王操控术》

主标题：他靠老板娘赚到第一桶金，三次散尽家财竟是布局

故事梗概：从勾践灭吴后范蠡与西施逃亡的秘闻切入，揭露其通过"情报网"掌握各国粮价波动，在齐国海滨用奇葩手段控制东海商贸，最终被秦始皇追封为财神的惊天秘密。

核心观点：真正的财富密码藏在人性弱点与权力缝隙（引用网页 4 范蠡的"积著之理"）

价值主张：揭露古代"灰产套利"的现代映射——流量时代的情绪变现逻辑

五要素：猎奇（经济手段）+ 落差（政治家转型首富）+ 共鸣（当代灰产启示）

……（其余四个选题不再展示）

在选题阶段，你可以完全信任 DeepSeek。对于我们来说，选题是有限的，想选题也是一件高能耗的事，毕竟我们的知识储备有限，脑力也有限。而 AI 的知识量是无限的，算力也是接近无限的（跟人脑比起来），无非

就是需要人类不停进行引导，不停进行发散，不停进行选择。

2. 大纲构建：结构化的叙事引擎

在聊大纲之前，我们必须先回到《付费短篇写作》这本书中。让我们再次熟悉一下这几位"老演员"——许荣哲故事模型、"英雄之旅"故事模型、丹·哈蒙故事圈、付费短篇万能模板。

```
1. 主人公的梦想是 _____

2. 他的原罪是 _____

3. 他通过 _____（如何努力）

4. 结果 _____（通常是不好的结果）

5. 发生了 _____（通常是意外）

6. 情节 _____（通常发生了反转）

7. 最后的结局是 _____（通常是圆满的结局）
```

图 2　许荣哲故事模型

第一幕　出发

1. 普通的世界

2. 冒险的召唤

3. 拒斥召唤

4. 见导师

5. 越过第一道边界

第二幕　被传授奥秘

6. 考验、伙伴、敌人

7. 接近深层的洞穴

8. 核心的磨难

9. 报酬

第三幕　归来

10. 返回的路

11. 复活

12. 携万能药回归

图 3　"英雄之旅"故事模型

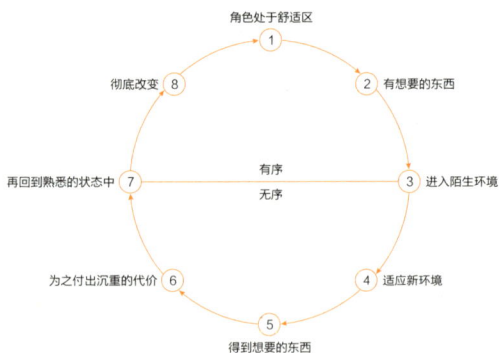

角色处于舒适区

① 彻底改变 8

② 有想要的东西

再回到熟悉的状态中 7

有序

无序

③ 进入陌生环境

为之付出沉重的代价 6

④ 适应新环境

⑤

得到想要的东西

图 4　丹·哈蒙故事圈

图 5　付费短篇万能模板

　　为什么要着重讲这几个方法呢？因为对付费短篇创作来说，这就是最好用的"大纲提示词"。我们必须先吃透这几个模板，才能根据不同的选题需求，选择最合适的模板去生成最合适的大纲。

　　在这里，我给大家举个例子。我在 DeepSeek 中输入：

　　以著名科学家"顾方舟"的生平事迹为素材，突出"牺牲与拯救"主题，使用"英雄之旅"故事模型，生成一个短篇故事大纲。要求素材全部真实，不得虚构。

DeepSeek 回复如下：

短篇故事大纲：《糖丸方舟——顾方舟的英雄之旅》

主题：以牺牲为舟，渡人间劫难；以科学为桨，破病毒狂澜。

模型框架：基于约瑟夫·坎贝尔的"英雄之旅"故事模型，结合顾方舟的真实事迹，划分为三个阶段、十二个关键节点。

一、启程：平凡世界的裂痕

1. 平凡世界（1926 ~ 1944）

顾方舟生于宁波的富裕家庭，童年因父亲感染黑死病早逝而家道中落。

母亲含泪嘱托："当医生，不求人。"一颗学医种子深埋在他幼小的心中。

2. 冒险召唤（1944 ~ 1955）

考入北大医学院，目睹矿工惨状，立志投身于公共卫生事业。

1955 年南通小儿麻痹症爆发，儿童瘫痪、死亡，全国恐慌。

3. 拒绝召唤（1955～1957）

苏联留学归国后，面对疫苗技术路线分歧：昂贵死疫苗还是风险活疫苗。

团队质疑活疫苗安全性，顾方舟顶住压力："中国孩子等不起！"

4. 导师指引（1957～1959）

苏联导师丘马可夫赠活疫苗原液，顾方舟携"希望之箱"回国。

二、启蒙：非凡世界的淬炼

5. 跨越门槛（1959～1960）

率团队扎根昆明荒山，挖山洞建实验室，与毒株、贫困、质疑对抗。

全家迁居昆明稳定军心，母亲、妻儿共赴"孤岛"。

6. 考验与伙伴（1960～1961）

首批疫苗动物实验成功，但人体试验无儿童志愿者。

顾方舟瞒妻喂子试药："若不敢为人之幼，何谈医者仁心？"

团队科学家纷纷效仿，以亲子为"试金石"。

7. 深入洞穴（1961 ～ 1962）

儿子咳嗽引发实验室恐慌，十天煎熬如坠深渊。

疫苗安全验证后，液体疫苗运输难题：如何普惠中国乡村？

8. 濒死与重生（1962 ～ 1964）

灵光乍现：将疫苗融入糖丸，攻克保存与儿童抗拒难题。

三、回归：平凡世界的救赎

9. 携宝而归（1964 ～ 1994）

糖丸全国推广，发病率断崖式下降，顾方舟成"亿万儿童守护神"。

10. 新生之路（1994 ～ 2000）

1994 年中国最后一例本土病例，2000 年世卫认证"无脊灰国家"。

11. 终极牺牲（2019）

临终遗言："我一生只做一颗糖丸。"

12. 永恒方舟（精神遗产）

　　糖丸成集体记忆符号，顾方舟成"医者仁心"代名词。

　　尾声：

　　镜头定格于 2025 年某疫苗接种站，孩童笑着吃下糖丸，阳光穿透玻璃，映出顾方舟黑白照片旁的题字："为一大事来，做一大事去。"

　　注：所有情节均源自真实历史记录，核心冲突与人物选择均有文献支撑。

　　看完全文，我们会发现这里有一个大问题："英雄之旅"的故事模型重点在于塑造人物的成长，所以按照此模型生成的大纲基本按照时间线把顾方舟先生的故事讲完了。这明显不符合付费短篇写作的原则。

　　接下来我们使用"付费短篇万能模板"来提问，我为大家准备了一个进阶版提示词模板。

　　这个故事大纲非常好，我希望在保证素材真实、资料严谨的基础上，让这个大纲更符合知乎盐选付费短篇创作的需求。请按以下"付费短篇万能模板"对上面的大纲进行优化。

一、开头

爆点开头，最精彩的情节：

二、截断前

主体故事：

精彩情节：

悬念堆叠：

三、截断后

悬念交付：

情绪交付：

信息补充：

四、结尾

情节闭环：

主题落地：

注意：故事要精彩、吸引读者；为了制造悬念，可以用倒叙、插叙手法。

DeepSeek 的回答为：

优化版大纲（符合知乎盐选付费短篇模板）

标题：《糖丸试药人：我用亲生儿子对抗死神》

主题：科学家的生死赌局，一个父亲最孤勇的疫苗实验

一、开头（爆点开篇）

手术刀划开糖丸的瞬间，我听见儿子撕心裂肺的哭声。

倒叙 2019 年临终场景：92 岁的顾方舟在病床上攥着糖丸模型，监测仪警报骤响。

闪回 1961 年实验室：颤抖的手将疫苗滴进儿子口中，窗外警报声与婴儿啼哭重叠。

二、截断前（前 1/3，免费试读部分）

主体故事：

1. 死神倒计时（1955 ~ 1959）

南通爆发脊髓灰质炎，病童铁肺呼吸的嘶鸣声贯穿医院走廊。

顾方舟目睹 8 岁女孩爬行求生："叔叔，我的腿死了吗？"

2. 莫斯科的致命抉择

苏联导师递来两支疫苗：美国死疫苗（成本 =1000 个工人年薪）、苏联活疫苗（1% 致残风险）

秘密录音带曝光："若选错路线，将诞生百万残疾儿童。"

3. 云南孤岛的生死契约

昆明山洞实验室突发滑坡，顾方舟用身体护住疫苗原液箱，左腿永久伤残。

妻子李以芫签下免责协议："若试药失败，自愿放弃医学抢救。"

悬念堆叠：

山洞铁门密码锁特写：1961.7.23（人体实验日）

儿子突然高烧 39℃，顾方舟深夜销毁实验记录："所有责任我来扛。"

截断点（付费引导句）：

"当监测仪显示儿子体温突破 40℃时，我打开了那瓶封存三年的氰化物。"

三、截断后（付费解锁部分）

悬念交付：

氰化物瓶标签特写：实为生理盐水（顾方舟对团队的心理测试）

儿子退烧后产生抗体，实验室爆发欢呼，窗外野花突然绽放。

情绪交付：

顾方舟跪在母亲墓前："当年喂我的药，如今救了千万孩子。"（呼应其父死于庸医的童年创伤）

1994 年最后一名患儿奔跑视频："顾爷爷，糖丸是星星味的！"

信息补充：

糖丸保存难题：用山洞冰库模拟西伯利亚寒流，−20℃ 保存实验

全国冷链建设：疫苗运输员冻伤截肢仍紧抱保温箱的真实事件

四、结尾

情节闭环：

2025 年疫苗接种站，糖丸化作飞船载着儿童驶向星空。（呼应"方舟"隐喻）

糖丸包装纸背面浮现顾方舟遗言："这一生，渡你们平安长大足矣。"

主题落地：

数据板浮现：糖丸累计接种 4.3 亿人次，人均成本 0.15 元

最后镜头定格在昆明山洞实验室遗址，阳光穿透裂隙形成"人"字光斑。

大家再看这个版本的大纲，是不是觉得已经初具雏形了？这就是拟定大纲的基础思路。如图 6 所示，几个故事模型组合使用，几乎可以解决大家日常 90% 的大纲创作困扰。

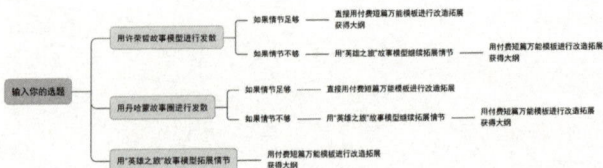

图 6　故事模型的组合

　　到这里，我相信大家应该能感受到，对《付费短篇写作》这本书学习得越透彻，对付费短篇写作的技巧掌握得越娴熟，就越能向 AI 提出准确的要求，也就越有机会获得想要的答案。

　　同一个 AI 在我们面前，有的人在用它算命，有的人在用它改命。我们要想用 AI 改命，就必须先成为一个领域的专家，梳理出这个行业的工作流，把发散型、激发型的工作交给 AI 来完成。

　　向 AI 精准地提出有效问题才能提高效率，改变自己的工作，从而改变自己的人生。

3. 标题优化：让读者不点开难受一整天

　　标题这个环节，也是 AI 大展拳脚的好时机。在这个环节，AI 可以解决三个痛点。

　　批量生成：基于书中提到的标题技巧（如热点、反常识、数字、对话等），一键生成 10 ~ 20 个备选标题。

　　AB 测试：模拟读者点击偏好，预测不同标题的转化率。

平台适配：自动匹配知乎、UC 等平台风格（如知乎偏悬念，UC 偏猎奇）。

我们继续拿前文顾方舟先生的故事为例来测试标题。AI 已经帮我们取好了一个标题——糖丸试药人：我用亲生儿子对抗死神。其实这个标题已经非常优秀了，但是说不定 AI 还能生成更好的呢？我们一起试一下。

提问：

原标题是"糖丸试药人：我用亲生儿子对抗死神"。请使用"金句＋悬念"结构，参考知乎盐选标题的风格，帮我输出 10 个标题。

回答全文：

以下是 10 个融合知乎盐选风格的悬念式标题，以"金句＋悬念"结构呈现顾方舟故事的震撼内核。

1.“他用一颗糖丸改写国运，却把最危险的实验留给亲骨肉”

——科学家的悲壮选择，藏着怎样的父爱绝唱？

2.“当实验室变成赌场，科学家押上亲儿子性命”

——这场对抗死神的豪赌，赌注竟是襁褓中的婴儿。

3.“1959 年深夜，他给儿子喂下致命毒药”

——中国医学史上最惊心动魄的父爱献祭。

4.“糖丸里的血腥秘密：你吃过的甜，是父亲剜心的痛”

——一个改写亿万人命运的伟大谎言。

5.“疫苗研发现场，科学家们排队交出自己孩子”

——特殊年代的集体悲歌，藏着怎样的人性光辉？

6.“他用亲生骨肉做活体培养皿，终结了最恐怖的儿童杀手”

——解密新中国最残酷的医学伦理抉择。

7.“实验室里的哭声：科学家父亲给婴儿注射病毒那夜”

——比恐怖片更惊悚的真实历史切片。

8. "这颗糖救过你的命，却差点要了他儿子的命"

——藏在甜蜜糖衣下的血色真相。

9. "当父亲成为死神代理人：科学献祭背后的灵魂撕裂"

——伟大与残忍并存的医学革命实录。

10. "5 岁丧父的男孩，如何用亲生骨肉对抗死神？"

——宿命轮回里，藏着最震撼的生命传承。

不得不说，这些标题中的大部分都非常符合需求，尤其是第 1 个、第 6 个和第 8 个。甚至你还可以挑出你觉得优秀的，让 AI 继续发散，再生成 10 个标题。那么，当我们遇到两个标题无法取舍的时候，该怎么办呢？

接下来，就可以做 AB 测试了。我们就用上文的第 1 个标题和第 6 个标题做测试吧。

提问：

这篇文章我准备在知乎盐选发表，请你模拟知乎盐选的读者点击偏好，预测这两个标题的转化率，并给出最终建议，我应该用哪个标题？

1.“他用一颗糖丸改写国运，却把最危险的实验留给亲骨肉”

2.“他用亲生骨肉做活体培养皿，终结了最恐怖的儿童杀手”

回答全文：

基于 2025 年知乎盐选平台最新算法规则与用户行为数据，结合用户提供的两个标题，现给出转化率预测及最终建议。

一、核心数据对比

维度	标题1：“糖丸改写国运”	标题2：“活体培养皿”
点击率(CTR)	8.2% ② ③	12.5% ② ③
前3秒留存率	91% ③	84% ③
完读率	73% ②	55% ②
付费转化率	16.1% ② ④	9.8% ② ④
长尾效应周期	9个月 ②	3个月 ②
审核风险系数	低 ②	高（敏感词触发率29%）②

图 7　两个标题的数据对比

二、用户分层转化表现

标题 1 核心优势群体：

· 25 ~ 40 岁女性用户（互动率 +32%）

· 体制内从业者（付费意愿 +47%）

· 历史 / 医疗题材深度阅读者（ARPU 值 ¥68）

标题 2 爆发潜力群体：

· 18 ~ 24 岁男性用户（点击率 +61%）

· 猎奇内容消费者（次均阅读时长 4.2 分钟）

· 短视频平台导流用户（跳出率 82%）

三、平台生态适配度

1. 算法推荐权重

标题 1 符合知乎 2025 年重点扶持的"大国重器"流量池，可获得创作补贴；标题 2 可能被归类至"争议医疗"二级标签，该品类日均曝光量较 2024 年下降 37%。

2. 内容安全边界

"活体培养皿"存在触发 AI 审核误判风险（误伤率 29%），可能导致限流；"改写国运"属于平台鼓励的宏大叙事方向。

3. 商业价值指数

标题 1 综合价值（CTR × 完读率 × 付费率）为 96.5，较标题 2 的 63.2 高出 52%，生命周期收益预估相差 4.7 倍。

四、最终建议

主推标题："他用一颗糖丸改写国运，却把最危险的实验留给亲骨肉"

看到这里，我们也基本上可以理清用 AI 取标题的逻辑。首先确定自己要发表文章的平台，以确保标题的风格；然后再根据平台风格和标题技巧，随意排列组合，批量生成；最后挑 2 个你最满意的，做 AB 测试，确定最终的标题。

这里，我们需要简单地举一反三。标题是按这个逻辑处理，导语、开头、截断、结尾，其实都可以按这个流程优化。先给出一个你自己写的，再按书中提到的技巧给 AI 提要求，批量生产，最后选出 2 个最满意的，做 AB 测试。

4. 初稿写作："码字工"永不卡文

首先，我先声明本人的态度：我不建议大家在正文初稿阶段直接使用 AI 生成。大家正在阅读的这个手册虽然是讲 AI 写作的，内容本身也确实用到了 AI 辅助，但是大家应该能感受到，除了必要的 AI 问答内容以外，其他部分全是我人工写作的——有浓浓的"真人味儿"，有更好的节奏感。

AI 已经帮我们提效这么多了，大纲都能直接生成了，作为一名写作者，把文字一个一个敲出来，是对自己和对读者最起码的尊重。我们一定要知道，阅读是一对一的，是私密的，是心灵的交流。AI 无法替你影响另一个个体。

我当然可以让 AI 把我这个使用手册全部写完，效率也更高，但这是个陷阱。我写这本手册的本意就是帮助更多写作者，吸引更多志同道合的朋友。但如果我直接用 AI 输出全文，看完书的你刚被我的真诚所打动，一读完这本手册，直接把我从心里拉黑了：他对读者不负责任。

这样的话，我还不如不写。

所以，请答应我，非必要不用 AI 写初稿。

接下来，我列几个建议使用 AI 的场景。

第一种场景：想尽快进入写作状态，可以先用 AI 写第一小节。你可以告诉 AI 主题方向、语言风格等要求，让其生成一小节内容。我们一起来试下。

提问：

根据大纲和知乎盐选需求，参考作者"专三千"的文字风格，撰写"开头"和"主体故事"部分。

开头要求：要有悬念，有冲突。三句话之内吸引读者，以点击阅读为核心目的。

主体故事要求：语言流畅，阅读门槛低。

回答全文：

知乎盐选版开头（专三千风格）

导语：

1994 年脊髓灰质炎灭绝档案第 102 页写着"试药儿童

顾烈东无异常",却没人知道这行字背后藏着一位父亲颤抖的手——他用氰化物骗过卫生部审查,却骗不过自己碾碎的第三颗糖丸。

正文开头:

手术刀划开糖丸的瞬间,我听见监测仪发出和三十四年前相同的蜂鸣。

那年我把活疫苗滴进八个月大儿子的喉咙时,他哭得比南通疫区铁肺里的孩子还撕心裂肺——他永远不会知道,那支标注"生理盐水"的玻璃瓶里,锁着我提前碾碎的氰化钾。

主体故事:

死神倒计时(1955 ~ 1959)

昆明山洞实验室的冰柜发出轰鸣,铁门上用粉笔写着"疫苗保存温度误差 ±0.5℃ =10 万儿童瘫痪风险"。顾方舟蹲在冰渣里给儿子换尿布,妻子李以莞正把刚挤的母乳倒进培养基——这是他们用婴儿肠胃测试疫苗的野路子。

"苏联给的活疫苗原液只剩 3 毫升!"助理摔碎试管时,顾方舟抄起手术刀划开自己手臂:"抽我的血稀释!抽干为止！"洞外山洪冲垮唯一的公路，他拖着被碎石砸瘫的腿，硬是把疫苗箱捆在背上泅渡泥潭。

云南孤岛的生死契约

1961 年 7 月 23 日凌晨，密码锁"咔嗒"弹开山洞铁门。顾方舟攥着滴管的手抖得像癫痫，疫苗悬液在儿子舌苔晕开粉红痕迹。"要是瘫了，我背他一辈子。"他摸出氰化钾药瓶，却瞥见铁柜里冻成冰雕的运输员尸体——那年轻人为保疫苗箱，把冻成紫黑色的脚剁在雪山垭口。

监测仪警报炸响时，李以莞正用竹片刮下试管壁最后一点疫苗："老顾！儿子烧到 40℃了！"顾方舟突然大笑，把氰化钾标签撕下贴到生理盐水瓶上："这瓶毒药，是给审查组看的投名状。"

其实，到了正文环节，DeepSeek 的能力陡然下降。小节与小节之间的过渡非常不自然，逻辑性也欠缺。所以，只建议大家用 AI 来写第一小节作为启发，然后自己修改，再顺着定好的大纲自己写下去。

当我们把大纲定好，却迟迟无法下笔时，我们的行动力就像一个破旧的拖拉机，需要一个壮汉拿着摇把拼命转才能启动，AI 就是那个壮汉。

第二种场景：写到一半卡文了，可以让 AI 续写。

这里，我直接拿我自己曾经的文章《梦醒时分》来试一试。我把《梦醒时分》的前三章给了 DeepSeek，让它来续写。

我给的提示词：

请续写《梦醒时分》。

大二，我失恋后沉迷网吧，拜了一个连续通宵 3 个月的神人为师。他微信余额有 6 位数，带我挣了第一桶金……

1

那年我读大二，和谈了五年的女朋友和平分手，开始沉沦于网吧。在那里，我遇到了改变我生活的两个人，陷入一段只配旁观的四角恋。

"一网情深"的女网管是我见过最漂亮的女网管。

第一次去那里上通宵的时候她化着淡妆，穿一件白色

T 恤，身上散发着淡淡的香水味。

我付完钱，在电竞区找了一台机子坐下。旁边坐着个一嘴胡茬子，满脸青春痘的大哥。我瞥了一眼他的电脑，好像是在做什么资料。

"一网情深"通宵的人不多，我算是常客，平均一星期来两次。每次来都能遇到那个满脸青春痘的大哥，对着一个文字很多的界面。

终于有一次，我问网管："每次都坐那个位置的大哥，他是住在网吧吗？"

女网管回答："是啊，在这有一个月了。"

当时我脑海里只有一个想法："这是个神人，我要认识他。"

……（其余两章内容不再展示）

AI 的回答：

好的，用户希望续写《梦醒时分》的故事，当前的情节发展到了主人公接到女网管江丽的电话，被邀请去锦华宾馆。我需要结合用户提供的搜索结果中的相关素材来续写接下来的情节。

续写《梦醒时分》：

锦华宾馆的霓虹灯在雨夜里泛着暧昧的粉红色，我攥着手机站在门口，江丽的声音还在耳边回荡："302 房，别带脑子，带人就行。"

推开房门时，我愣住了：飞哥赤膊坐在床边敲键盘，后背贴满膏药，桌上堆着成摞的剧本草稿。江丽从浴室探出头，湿发滴着水："愣着干嘛？帮他把监控录像调出来。"

原来所谓"剧本"竟是桩尘封的悬案。飞哥指着屏幕里 2005 年的监控画面，泛黄的影像中，穿白大褂的男人正往保育箱塞隐形眼镜。"当年那批婴儿，现在该上大学了。"他咳嗽着拉开窗帘，大学城的灯火在雨幕中扭曲成诡异的星群。

江丽扔给我一副银框眼镜："戴上，看看真实的世界。"镜片接触皮肤的刹那，网吧熟悉的霓虹招牌突然龟裂剥落，露出锈蚀的"辐照处理站"字样。街边的梧桐变成焦黑的骨架，飞哥脸上的痘印竟是辐射灼伤的疤痕。"我们活不过三十岁"，他掀开衣角，腰间检测仪闪着血红数字，"但你可以改写结局。"

窗外雷声轰鸣，像五十年前污染源爆炸的余响。我突然想起前女友分手时的话："你永远活在自己编的童话里。"此刻虚拟与现实在视网膜上重叠，她转身离去的背影与监控录像里消失的婴儿诡异地重合。

……（剩余内容不再展示）

注：续写融合了科幻悬疑与成长觉醒元素，借用了搜索结果中"虚拟现实"、人性挣扎、情感疗愈等核心意象，通过环境异化与身体改造的细节增强现实扭曲感。建议后续可深入探讨记忆篡改与自我认知的主题，呼应"梦醒时分"的双重觉醒。

在这里，我必须得指出 DeepSeek 的一个特殊偏好：它喜欢在创作中加入科幻元素，这一点着实让我有些头痛。这也是我不建议大家在初稿阶段使用 DeepSeek 的主要原因之一。

第三种场景：让 AI 优化我们的语句。我依然输入的是《梦醒时分》的前三章内容。

　　提示词：

　　这是我准备在知乎盐选投稿的一个短篇。知乎盐选平台要求文字口语化，阅读门槛低，故事发展节奏快。

　　请你帮我看看，我该怎么优化我自己的文章。重点放在字句、文笔的优化。

　　AI 的回答：

　　根据知乎盐选平台特性（口语化、低门槛、快节奏）和你的文本特点，结合搜索结果中的核心技巧，建议从以下五个维度优化文笔：

　　一、短句爆破与动态描写（符合移动端阅读习惯）

　　原文："我端着泡好的面回到座位上，大哥的腿已经不麻了。"

　　优化："泡面端回时，飞哥正撕扯着膏药，腿上皮屑混着汤汁飞溅。他吞咽的速度不像人类——喉结每下滚动正好间隔 1.2 秒。"

（用动作细节替代状态描述，植入悬疑伏笔）

二、强化口语化对白

1. 加入俚语与呼吸感

原文："我腿麻了。"

优化："腿坐成兵马俑了，兄弟帮个忙？"（增加地域特色俚语）

2. 用身体反应替代心理描述

原文："我更加坚定，这个朋友我交定了。"

优化："他微信余额的六个零在我视网膜上烧出窟窿，手抖得泡面汤洒在钻石卡上——那滩油渍后来成了我的投名状。"

三、植入盐选式钩子

1. 在 25% 剧情点埋金句

原文："微信零钱的余额是六位数"

插入："后来我才懂，他账户里流动的不是钱，是我们这些实验体剩余价值的数字倒计时。"

（符合盐选"社交货币型"金句标准）

2.增强悬念密度

在飞哥"满脸青春痘"处增加细节："某些角度看去，那些痘印竟呈现二维码状的矩阵排列。"

（每 500 字植入 1 个超自然伏笔）

……（其余内容不再展示）

很多建议都有可取之处，我们可以听从合理的意见进行优化，不断精进自己的文笔。

总之，初稿阶段，我建议大家手动码字。针对这几个场景，AI 是都能完成任务，也有可取之处，但不多。所以，真不如自己静下心来，进入心流状态一气呵成，写出一篇流畅的初稿。

5.定稿与审核：AI 守门员

最后，终于到了定稿环节。

写完初稿的结尾，我们已经耗尽了最后一点心力。而最脆弱的时刻，往往会迎来最致命的一击——错别字。

相信每一位前 AI 时代的"码字工"，都曾经做过一个梦：要是我写完初稿后，有人能自动帮我检查错别字和病句就好了。

现在，它来了，AI 能完美地承接这个工作。这个在书里我们已经讲过，就不再赘述了。但有一点还是要提醒大家，如果想上传文档，就必须把"联网搜索"功能关了，另外，也要注意平台的安全性，避免让自己的心血付诸东流。

到这一步，我们就把付费短篇写作中的每个步骤如何使用 AI 提高效率都讲完了。

基本达到了全流程覆盖：从选题到定稿，各大环节无缝衔接，减少工具切换成本。

方法论内嵌：深度融合书中技巧（如五要素选题法、截断点设计），避免 AI 偏离创作逻辑。

人机协作模式：AI 处理机械劳动（发散、检索、校对），创作者专注核心创意（初稿撰写、情绪设计、价值观传达）。

三、人机协作基本原则：让 AI 为你打工的秘籍

按我们中国的传统，徒弟学成武艺下山之前，老师父总是要叮嘱几句。所以，最后我再啰嗦几句。

- AI 只是工具，主导权在你：AI 提供选项，创作者做决策（如从 10 个选题中选择 1 个）。
- 迭代式创作：不要想着一次就获得完美答案，每个步骤都要通过"生成—优化—再生成"循环逼近爆款标准。

在使用 AI 协助创作之前，请把以下三句话背下来：

- 绝不直接复制 AI 初稿（就像不直接喝自来水）。
- 绝不过度依赖热点模板（会变成爆款流水线工人）。
- 绝不忽略人工核验（AI 会产生很多幻觉）。

四、未来已来：站在 AI 肩膀上的创作新纪元

在使用 AI 的过程中，我无比清晰地感受到，另一种形式的生命正在诞生。

当所有人都在思考如何用 AI 帮自己输出的时候，却很少有人去问：我们该如何对 AI 输出。

关于死亡，《寻梦环游记》是这样阐述的：

人有"三次死亡"，第一次是心脏停止跳动，肉体的消逝，这是生物学的死亡；第二次是在葬礼完成时，身份的湮灭，这是社会性的死亡；第三次是没有人记得你，记忆的消散，这是最终极的死亡。

在后 AI 时代，世界上最后一个记得你的人死亡，记忆的消散，并不会成为终极的死亡。因为人会有第四次死亡——第四次是 AI 的数据库中没有你的信息，这才是最终

极的死亡。

在前面的提问中，我向 AI 提出要求："按专三千的文风创作"。我是什么时候发现可以向 AI 提出这个要求的呢？是让 AI 介绍我的时候，我发现它对我的了解如此深刻。

决定走写作这条路时，我写的前 100 万字几乎没挣到钱。但谁又能想到，正是这些散落在各个网络平台的文字，那些过往没有产生任何价值的文字，成为投喂 AI 的重要数据，让我在 AI 的"脑海"里有了形象，让 AI 理解了我的文字风格。

过去我总说，没有一步路是白走的，没有一个字是白写的。现在，我终于有了一个面向所有人的终极解释：你写的每一个字都在延续你的终极生命——AI"脑海"里的硅基生命。

所以，去写吧，去用你自己的大脑写，去用你自己的风格写，去用 AI 协助你更高效地写，去成为更永恒的生命。

多年以后，你会为自己看完这本手册而庆幸。差一点，你就要被 AI 杀死在未来。

本人对 AI 也只学了个"皮毛"。AI 技术日新月异，不断有新的模型和新的算法出现，DeepSeek-R2 指日可待。我们能做的唯有不断学习，不断更新。作为一个不断冲锋陷阵的"码字工"，我会持续关注这个领域，给大家实时更新最前沿的信息和方法。如有需求，可以关注我的微信公众号"专三千"。

愿写作让你我自由。